CATALOGUE

DE LA BIBLIOTHÈQUE

de M. le Vicomte

HÉRICART DE THURY.

Les acquéreurs paieront, en sus des enchères, 5 centimes par franc, applicables aux frais de la vente.

Il y aura, chaque jour de vente, exposition de 1 à 3 heures.

Les livres vendus devront être collationnés sur place, dans les 24 heures de l'adjudication. Passé ce délai, ou une fois sortis de la salle de vente, ils ne seront repris pour aucune cause.

Les articles au-dessous de 12 fr. ne seront admis à rapport que dans le cas où ils seraient incomplets par enlèvement de feuillets ou de portion de feuillet emportant du texte.

CATALOGUE
DES LIVRES

PRINCIPALEMENT RELATIFS

AUX SCIENCES ET AUX BEAUX-ARTS,

A L'HISTOIRE ET A L'ARCHÉOLOGIE,

qui composaient la Bibliothèque

DE FEU M. LE V^{TE} L.-E.-F. HÉRICART DE THURY,

Officier de la Légion d'honneur,
Membre de l'Académie des Sciences de l'Institut de France,
ancien Inspecteur général des Mines, ancien Conseiller d'Etat, Membre des Sociétés
d'Encouragement, d'Agriculture et d'Horticulture, etc.;

DONT LA VENTE SE FERA LE LUNDI 18 DÉCEMBRE 1854,
et jours suivants,

à sept heures précises de relevée,

Rue des Bons-Enfants, 28, *par le ministère de* Me Pourcelt,
Commissaire-priseur, rue Montholon, 11.

Le Catalogue se distribue :

A PARIS,

CHEZ J.-A. TOULOUSE, LIBRAIRE, RUE DES NOYERS, 66,
Ancienne rue du Foin-Saint-Jacques, 8;

ET CHEZ J.-F. DELION, LIBRAIRE, SUCCESSEUR DE R. MERLIN,
Quai des Augustins, 47.

1854

ORDRE DES VACATIONS.

1re VACATION. — Lundi 18 Décembre 1854.
Numéros 1 à 117.

2e VACATION. — Mardi 19.
Numéros 118 à 246.

3e VACATION. — Mercredi 20.
Numéros 247 à 375.

4e VACATION. — Jeudi 21.
Numéros 376 à 496.

5e VACATION. — Vendredi 22.
Numéros 497 à 612.

6e VACATION. — Samedi 23.
Numéros 613 à 743.

7e VACATION. — Mardi 26.
Numéros 744 à 875.

8e VACATION. — Mercredi 27.
Numéros 876 à 1004.

9e VACATION. — Jeudi 28.
Numéros 1005 à 1125.

10e VACATION. — Vendredi 29.
Numéros 1177 à 1228.
1126 à 1176.

A la suite de cette dernière vacation, il sera vendu, par lots, environ 900 MÉDAILLES anciennes et modernes, avec un beau Médailler.

NOTICE BIOGRAPHIQUE

SUR

M. LE V^TE HÉRICART DE THURY.

M. le vicomte Héricart de Thury était si généralement connu dans le monde savant, industriel et agricole, que nous croyons devoir rappeler ici quelques-uns des titres nombreux qu'il avait à la juste considération dont il a joui pendant tout le cours de sa longue et honorable carrière.

Louis-Étienne-François HÉRICART, vicomte de Thury, naquit à Paris, le 3 juin 1776. Il n'embrassa pas la carrière de la magistrature, qui était celle de son père, conseiller en la Cour des comptes de l'ancien Parlement, et de son oncle, le comte Ferrand, ministre du roi Louis XVIII, membre de l'Académie française et pair de France.

Son goût pour les sciences se manifesta de bonne heure, et, au sortir de la tourmente révolutionnaire, après avoir acquis sous l'habile direction de son père les connaissances dont il avait besoin, il se présenta aux examens de l'École des Mines, où il fut admis, le 13 avril 1795.

Les élèves passaient alors plus de temps à l'école qu'ils n'en passent aujourd'hui, et le jeune Héricart utilisa les années qui s'écoulèrent jusqu'à sa nomination au grade d'ingénieur en faisant à ses frais des voyages et en visitant plusieurs mines, notamment celles des Chalanches d'Allemont et du Pezay, près du Mont-Blanc, où il compléta son instruction, sous les ordres de M. Schreiber qui était alors directeur de l'école pratique.

Il a été nommé ingénieur ordinaire des mines le 7 octobre 1802, et envoyé en 1804 dans les départements de l'Isère, des Hautes-Alpes et de la Drôme où il est resté jusqu'en 1809, époque à laquelle il fut appelé à Paris pour y être chargé du service de l'inspection des carrières et de la direction des travaux que nécessitait alors, et que nécessite encore aujourd'hui l'état du sol excavé sur lequel repose une grande partie des quartiers situés sur la rive gauche de la Seine.

Il avait à peine trente-quatre ans lorsqu'il fut élevé au grade d'ingénieur en chef, le 13 décembre 1810.

C'est à lui que l'on doit la consolidation des carrières qui forment aujourd'hui ce que l'on appelle *les Catacombes*, et l'on ne peut faire un pas dans ces galeries souterraines, où il a fait ranger les nombreux ossements retirés des cimetières de Paris à l'époque de la révolution, sans y trouver la trace de son infatigable activité et de son intelligente direction. Il a publié sur ce sujet un ouvrage extrêmement intéressant.

En 1834, M. Héricart de Thury a été appelé au Conseil des Mines, où il a siégé en qualité d'inspecteur général jusqu'en 1848, époque à laquelle il a été mis à la retraite par application du décret du Gouvernement provisoire sur la limite d'âge fixée pour les ingénieurs des Ponts et Chaussées et des Mines.

Comme ingénieur, M. de Thury s'est particulièrement occupé de la question des puits artésiens. Il a publié sur cette matière de nombreux Mémoires qui ont été insérés, soit dans les *Annales des Mines*, soit dans celles de la Société centrale d'Agriculture, et notamment un ouvrage très-important, intitulé : *Considérations géologiques sur les puits forés*. Il a été, sinon le premier, tout au moins un des premiers à donner l'explication du jaillissement des nappes d'eau souterraines, et il a puissamment contribué à populariser en France ce genre d'ouvrages appelés à rendre de si grands services à l'industrie agricole et manufacturière. Il a été souvent consulté par les différents administrateurs, qui ont été mis à la tête de la Préfecture de la Seine, sur les chances de succès que pourrait avoir le forage d'un puits artésien à Paris. En lisant sa correspondance avec MM. de Bondy et de Rambuteau, anciens préfets de la Seine, ainsi que ses Rapports au Conseil des Mines comme inspecteur général chargé du service de la division du nord de la France, on voit en effet que, par l'étude approfondie qu'il avait faite des terrains qui entourent le bassin de la Seine, il avait pu indiquer avec une précision presque mathématique la profondeur à laquelle on rencontrerait les eaux jaillissantes, puisque, dans une lettre adressée en 1844 à M. le comte de Rambuteau, lettre que la Société d'agriculture a fait insérer dans le Recueil de ses Mémoires, il rappelle que, consulté par le ministre des Travaux publics sur la profondeur à laquelle il faudrait forer le puits de Grenelle, il avait répondu : « Qu'il faudrait « poursuivre le forage jusque dans les sables des « grès verts, au-dessous de la grande masse de craie, « à la profondeur de 550 mètres, » et c'est à la profondeur de 548 mètres qu'elles ont été atteintes; ainsi à une différence de 2 mètres seulement.

L'habile sondeur, M. Mulot, auquel la ville de Paris doit le puits de Grenelle, rendait compte jour par jour, pour ainsi dire du degré d'avancement de ses travaux à M. Héricart de Thury. Il était avec lui en correspondance continuelle, et quand on a lu les notes échangées presque journellement entr'eux à cette époque, on demeure convaincu que M. Mulot a été l'ingénieux mécanicien qui a exécuté avec une habileté incomparable et une persévérance que l'on ne saurait trop louer, un travail qui n'a pas duré moins de sept années (1), et qui était jusqu'alors sans précé-

(1) Les travaux du puits de Grenelle ont été adjugés le 19 octobre 1833, et les eaux ont jailli dans la cour de l'abattoir le 26 février 1841, dans l'après-midi.

dent dans les annales de l'industrie, mais que M. de Thury a été véritablement la tête qui dirigeait le bras du sondeur et qui soutenait son courage prêt à faillir quelquefois, en l'éclairant sur la nature des couches que sa sonde traversait et en lui faisant entrevoir le terme prochain de ses efforts que le succès devait infailliblement couronner.

M. Héricart de Thury n'était pas seulement ingénieur des mines, il s'était beaucoup occupé d'arts mécaniques et d'industrie, et ses connaissances spéciales en ces matières l'ont toujours fait choisir par le Gouvernement comme membre des jurys chargés de prononcer sur le mérite des produits envoyés aux grandes expositions de l'industrie, et, en dernier lieu, à celle de Londres, en 1851.

La Société d'Encouragement, la Société d'Agriculture dont il était membre depuis près de quarante ans, et qu'il a présidée plusieurs fois, enfin la Société d'Horticulture, qu'il a fondée à Paris, le 11 juin 1827, qu'il a présidée pendant plus de vingt-cinq ans, et qui lui a décerné à l'unanimité, le 16 décembre 1852, le titre de président honoraire fondateur, conserveront le souvenir de son utile et laborieuse coopération.

Il possédait aussi en architecture des connaissances étendues qui le firent choisir, sous la Restauration, pour remplir les importantes fonctions de directeur des travaux de Paris, qu'il a conservées jusqu'en 1830. C'est sous son administration qu'ont été achevés plusieurs des grands monuments qui décorent la capitale, et notamment le Palais de la Bourse.

M. de Thury a été gentilhomme de la chambre du roi Charles X, conseiller d'État et membre de la Chambre des Députés pendant presque tout le temps de la Restauration.

Il a presque toujours été du Conseil général de son département, celui de l'Oise. Il n'en a été momentanément éloigné que lorsque la loi électorale, en limitant à 30 le nombre des conseillers généraux dans les départements qui comptaient plus de 30 cantons, a ôté au canton de Betz la possibilité de se faire représenter, mais aussitôt que le suffrage universel, accordé après la révolution de 1848, eut levé cet obstacle, M. de Thury a été renommé et n'a plus cessé de faire partie du Conseil général qui trouvait en lui un membre aussi laborieux qu'expérimenté.

En 1824, l'Académie des sciences lui a fait l'honneur de le choisir pour occuper la place d'académicien libre, devenue vacante par la mort de M. le duc de Lauraguais-Brancas.

De tous ses titres, c'était à celui d'académicien qu'il tenait le plus, et, lorsqu'il lui fut offert, il ne croyait pas avoir assez de droits pour pouvoir y prétendre. Il fallut toute l'insistance de plusieurs des membres les plus éminents de l'Académie pour le décider à se porter candidat. Sa famille conserve précieusement deux lettres, l'une de M. Gay-Lussac, qui lui offre sa voix, et une autre dans laquelle M. Arago lui dit : « qu'après

« avoir fait son examen de conscience, il ne trouve « personne qui ait plus de droits que le directeur des « travaux de Paris à la place devenue vacante, et le « prie de lui faire savoir *s'il ne lui serait pas dés-« agréable* qu'en temps et lieu il le désignât comme « un des candidats. »

En marge de cette dernière lettre, se trouve une note écrite de la main de M. de Thury, et dans laquelle il dit qu'il ne croit pas devoir entrer en lutte avec un concurrent tel que celui que lui désigne M. Arago, et « qui ne peut manquer, ajoute-t-il, de réunir tous les « suffrages. » Cette réponse ne surprendra pas les personnes qui ont assez connu M. de Thury pour apprécier toute la modestie de son caractère. L'Académie ne confirma pas le jugement qu'il portait sur lui-même et le nomma.

Peu de carrières, on le voit, ont été aussi honorablement et aussi complétement remplies que la sienne.

Il aimait l'étude avec passion, et les livres dont on publie aujourd'hui le catalogue portent les traces de ses nombreuses et savantes recherches. Il a travaillé jusqu'au dernier jour de sa vie, et, lorsque la mort est venue le frapper, le 15 janvier 1854, il composait un ouvrage sur les marbres d'Italie, qu'il n'a malheureusement pas eu le temps d'achever.

Ce Catalogue ne représente qu'une partie des livres de M. le vicomte Héricart de Thury, c'est-à-dire les grandes séries des sciences naturelles, des beaux-arts, de l'histoire locale et de l'archéologie qui ont servi plus spécialement aux études de ce savant. Quant à la littérature et à l'histoire proprement dite, elles ont été presqu'en totalité, conservées par la famille.

La mention que nous avons faite des lettres et envois autographes joints à un grand nombre de volumes, a éveillé la juste susceptibilité de la famille de M. Héricart de Thury. Elle nous en a manifesté ses regrets; mais nous avons dû lui faire observer que, le Catalogue étant achevé, il était trop tard pour revenir sur cette mesure, et que d'ailleurs cette annonce était moins destinée à solliciter des enchères qu'à rendre publics les nombreux témoignages d'estime et d'affection qu'avait su se concilier le savant éminent auquel ces livres avaient été offerts.

La lecture de ce Catalogue fera connaître facilement combien d'ouvrages importants enrichissent chaque série; les nommer tous ne serait qu'une répétition inutile, nous citerons cependant dans les sciences naturelles : Le *Journal de physique, de l'abbé Rozier* (n° 86); les *Annales de chimie* (n° 88); les *Annales* et les *Mémoires du Muséum d'histoire naturelle* (n° 101); le *Grand Dictionnaire des sciences naturelles* (n° 105); le *Journal* et les *Annales des Mines* (n° 191); *Iconographie du genre camélia* (n° 296); les *Roses, de Redouté* (n° 302); les *Oiseaux de Temminck* (n° 311); le *Traité des arbres fruitiers, de Duhamel-du-Monceau* (n° 370), etc., etc. — Dans les beaux-arts, l'archéologie et l'histoire : *l'Architecture de Palladio et de Vitruve* (n°s 483 et 496); *Winckelmann* (n° 452); *Hittorff, Architecture de la Sicile* (n° 1017); le *Voyage autour du Monde, de M. Freycinet* (n° 674); la *Collection des Documents pour servir à l'histoire de France* (n° 757); la *Description de l'Égypte,* édition originale (n° 1070); l'*Antiquité expliquée, par Montfaucon* (n° 1107); le *Recueil d'antiquités du comte de Caylus* (n° 1120); les *Ruines de Pompéi, par Mazois* (n° 1131); *Description des médailles antiques, par Mionnet,* etc., etc. Nous ne devons pas oublier de mentionner non plus la *Collection des classiques latins de Lemaire* (n° 631); les *Poésies originales des Troubadours, par Raynouard,* exemplaire en papier vélin (n° 599); ni l'*Histoire du Dauphiné de Chorier,* 2 vol. in-fol. qu'il est si difficile de rencontrer complète (n° 951). Nous citerons enfin, dans les travaux des Sociétés savantes : les *Comptes-rendus de l'Académie des Sciences;* les *Mémoires de l'Institut, Sciences physiques; Mémoires de l'Académie des Inscriptions,* etc., etc. (n°s 1162-1166).

CATALOGUE

DES LIVRES

composant la Bibliothèque

De M. le Vicomte HÉRICART DE THURY.

THÉOLOGIE.

1. Bible (Sainte) en latin et en français, avec des notes littérales pour l'intelligence des endroits difficiles, par Le Maistre de Sacy. *Paris,* 1717, 4 vol. in-fol. v.

2. Bible (Sainte) contenant l'Ancien et le Nouveau-Testament, trad. par Le Maistre de Sacy. *Paris,* 1707, 8 vol. pet. in-12. v. tr. dor.

3. LE MAISTRE DE SACY. Histoire de l'Ancien et du Nouveau-Testament, avec des explications édifiantes tirées des SS. Pères. *Paris, Blaise,* 1825, in-4, fig. demi-rel.

   Exemplaire fatigué.

4. MÉSENGUY. Abrégé de l'Histoire de l'Ancien et du Nouveau-Testament. *Paris,* 1747, 10 vol. in-12, v.

5. Les CL pseaumes de David, mis en vers françois, par Philippe Des-Portes, abbé de Thiron, avec quelques cantiques de la Bible, hymnes, et autres Œuvres et Prières chrestiennes. *Paris, Ve Mamert-Patisson,* 1604, petit in-12 mar. rouge fil. rel. à compart. tr. d.

6. Psaumes et cantiques distribués pour tous les jours de la semaine. *Paris,* 1742, in-18, mar. cit. tr. dor.

7. SANTOLII hymni sacri et novi. *Paris.,* 1698, in-12, v. port. — COFFIN, hymni sacri. *Paris.,* 1736, in-12, br.

1

8. BOSSUET (J.-B.). Prières ecclésiastiques à l'usage de Meaux. *Paris*, 1679, in-12, mar. vert.

9. PASCAL. Pensées sur la religion. *Paris, G. Desprez*, 1770, in-12, v.

Edition originale.

10. CHAUBARD (L.-A.). L'Univers expliqué par la révélation. *Paris*, 1841, in-8, br.

11. BERNARD (S.). L'Eschelle des cloistriers ou de la manière de prier, par Julian Uvarnier, prieur de Long-Pont en Soissonnois. *Paris*, 1607, pet. in-12, vél. 49 p.

12. BIZAUT, Orat. Conférences sur le *Pater*, faites en l'église des PP. de l'Oratoire, rue St-Honoré, avec divers sermons du même auteur. 1740, pet. in-4, MSS.

13. Imitation de Jésus-Christ, trad. et paraphrasée en vers françois, par P. Corneille. *Paris*, 1656, in-4, v. fig. de Chauveau.

14. La même, *Paris*, 1664, pet. in-12, v. fig.

15. La même, *Paris*, 1665, in-8, v. 4 fig.

16. Imitation de Jésus-Christ, trad. par de Beuil. *Paris*, 1690, in-8, mar. rouge.

17. Incipit liber primus Johannis Gerson cancellarii Parisiensis, de Imitatione Christi et de comtemptu omnium vanitatum mundi. *Parisiis, Ph. Pygouchet*, 1491, pet. in-8.

Exemplaire bien conservé.

18. JUDDE (Le P.). Œuvres spirituelles, recueillies par Lenoir Duparc. *Paris*, 1781, 7 vol. in-12, bas.

19. Miroir (le) du pécheur pénitent ou Explication des 50 psalmes (*sic*) de David, accompagnée de méditations et de figures tirées de la vie, mort et passion de Jésus-Christ N.-S. *Paris, Brunet*, 1641, pet. in-8, vél. 24 fig.

20. OUDIN (P.), chan. de St-Aug., prieur de La Ferté-Milon. De l'obligation des religieux à la résidence dans leur monastère. 1677, in-4, veau.

21. Pensées chrétiennes. 1 vol. in-18, mar. fil. tr. d.

Manuscrit de la fin du 18e siècle, belle écriture.

22. UVARNIER (Julian). Introduction à la vie religieuse, en forme de catéchisme. *Paris*, 1641, in-8, vél.

23. MARESCHAL. Traité des droits honorifiques des seigneurs

dans les églises, avec les additions de Simon et Danty. *Paris*, 1700, 2 vol. in-12, v.

HISTOIRE ECCLÉSIASTIQUE. RELIGIONS ÉTRANGÈRES.

24. FLEURY. Histoire ecclésiastique. *Paris*, 1717, 36 vol. in-12.

25. RONDET. Table générale des matières contenues dans les 36 vol. de l'Histoire ecclésiastique de Fleury. *Paris*, 1774, in-4, v.

26. Lettres édifiantes et curieuses, écrites des missions étrangères. *Lyon*, 1819, 14 vol. in-8, bas. fig.

27. RUINART (Th.), bénéd. Les véritables actes des martyrs, trad. par Drouet de Maupertuy. *Paris*, 1739, 2 vol. in-12, v.

28. ARNAULD D'ANDILLY. Les vies des saints Pères des déserts et de quelques saintes. *Paris*, 1788, 3 vol. in-8, v.

29. LE SUEUR (E.). Vie de saint Bruno, fondateur de l'ordre des chartreux. *Paris*, *Demortain*, *s. d.*, in-fol. veau, 22 fig.

30. CLÉMENCET (dom). Histoire générale de Port-Roïal depuis la réforme de l'abbaïe jusqu'à son entière destruction. *Amst.*, 1755, 10 vol. in-12, demi-rel.

31. VILLEFORE. Véritable vie d'Anne-Geneviève de Bourbon, duchesse de Longueville. *Amst.*, 1732, 2 t. en 1 vol. in-12, veau.

---

32. BANIER (l'abbé). Histoire générale des cérémonies, mœurs, usages et coutumes religieuses de tous les peuples du monde, représentées en 243 fig. par B. Picard. *Paris*, 1741, 7 vol. in-fol. v.

33. ROSS (Al.). Les Religions du monde, ou Démonstration de toutes les religions et hérésies de l'Asie, Afrique, Amérique et de l'Europe. *Amst.*, 1668, in-8, fig. v.

34. NOEL. Dictionnaire de la fable. *Paris*, 1803, 2 vol. in-8, veau.

35. LANJUINAIS (le comte). La religion des Indoux selon les Védas, ou analyse de l'Oupnek'hat. *Paris*, 1823, in-8, demi-rel.

36. Manava-Dharma-Sastra. Lois de Manou, comprenant les institutions religieuses et civiles des Indiens, trad. du sanscrit, par A. Loiseleur-Deslongchamps. *Paris*, 1833, in-8, cart.

37. Polythéisme (le) analysé et ramené à ses types, ou prolégomènes sabéiques. *Paris*, 1796, in-8, demi-rel.

JURISPRUDENCE.

38. Coutumes des bailliages de Senlis et son ancien ressort, comprenant : Senlis, Beauvais, Compiègne, Pontoise, Chaumont, Magny, Beaumont, Chambly et Creil, avec les remarques de J. M. Ricard et L. Bouchel. *Paris*, 1703, in-4, v.

39. Coutumes de Vitry-le-Français, avec le commentaire de Me Ch. de Salligny, av. *Chaalons*, 1676, in-4, v.

40. Coutumes générales d'Artois, avec des notes de Ad. Maillard. *Paris*, 1704, in-4, v. — Coutumes générales du diocèse d'Amiens. *Paris*, 1653, in-fol. — Commentaire sur les coutumes du gouvernement de Péronne, Mondidier et Roye. *Paris*, 1640, in-8, bas.

41. POCQUET (Cl.). Traité des fiefs. *Paris*, 1729, in-4, v.

42. Stilus supreme curis Parlamenti Parisiensis, cum additionibus Stephani Auriferi, cum stylo curie Parlamenti Tholosani. *Paris*, 1542, in-4, bas.

43. TALON (Omer et Denis), avocats-généraux au parlement de Paris. Œuvres, publiées par D.-B. Rives. *Paris*, 1821, 6 vol. in-8, v. rac. fil.

44. FOURNEL. Lois rurales de la France, rangées dans leur ordre naturel. *Paris*, 1819, 2 vol. in-8, demi-rel.

45. VALSERRES (Jacques de). Manuel de droit rural et d'économie agricole. *Paris*, 1846, in-8, br.

SCIENCES ET ARTS.

I. Philosophie. — Morale et politique.

46. SÉNÈQUE, le philosophe. Œuvres, trad. en français, par Lagrange. *Paris*, 1795, 6 vol. in-8, v. fil.

47. PLUQUET. Examen du fatalisme ou Exposition et Réfuta-

tion des différents systèmes de fatalisme qui ont partagé les philosophes. *Paris*, 1752, 3 vol. in-12, v.

48. MALEBRANCHE (N.), Orat. De la recherche de la vérité. *Paris*, 1762, 4 vol. in-12, v.

49. MASSIAS. Rapport de la nature à l'homme et de l'homme à la nature. *Paris*, 1821, 2 t. et 1 vol. in-8, demi-rel. bas.

---

50. Les très-élégantes sentences et belles autorités des sages et princes grecs et latins, en italien et en français. *Paris, Gilles Corrozet*, 1546, petit in-12, demi-rel.

51. MONTAIGNE. Essais. *Paris, Lefèvre*, 1818, 5 vol. in-8, bas. fil.

52. LAROCHEFOUCAULT. Réflexions ou sentences et maximes morales, avec un examen critique de M. L. Aimé-Martin. *Paris*, 1822, in-8, v. f. fil.

Avec une lettre autographe signée de M. Aimé-Martin.

53. ALIBERT (J.-L.). Physiologie des passions. *Paris*, 1825, 2 vol. in-8, bas. fil., fig.

54. DELESSERT (B.). Le guide du bonheur, ou recueil de pensées, maximes et prières, etc. *Paris*, 1840, in-8, cart.

55. LUYNES (le duc de). Devoirs des seigneurs dans leurs terres. *Paris*, 1687, petit in-12, v. — FLEURY (Cl.). Devoirs des maîtres et des domestiques. *Paris*, 1687, in-12, v. (édit. orig.)

56. GALLIMARD (Ed.). Traité physiognomique, par lequel un chacun peut apprendre à se bien cognoistre, et aussi la nature, les mœurs et inclinations des autres. *Paris*, 1626, pet. in-12 vél.

57. SICARD. Théorie des signes ou Introduction à l'étude des langues pour l'enseignement des sourds-muets. *Paris*, 1818, 2 vol. in-8, demi-rel.

58. GÉRANDO (de). De l'éducation des sourds-muets de naissance. *Paris*, 1827, 2 vol. in-8, br.

59. GUILLIÉ. Essais sur l'instruction des aveugles. *Paris*, 1810., in-8, bas. fil. fig. — Notice historique sur l'instruction des jeunes aveugles. *Paris, de l'imprimerie des Jeunes aveugles*, 1819, in-4, cart. (Imprimé en relief pour les aveugles.)

---

60. MOROGUES (le baron de). Politique religieuse et philosophique du gouvernement. *Paris*, 1827, 4 vol. in-8, br.

61. Heureuse (l') nation, ou Relation du gouvernement des Féliciens, peuple souverainement libre sous l'empire absolu de ses loix. *Paris*, 1792, 2 vol. in-8, demi-rel.

62. CALLIÈRES (de). De la manière de négocier avec les souverains. *Londres*, 1750, 2 t. en 1 vol. in-12, demi-rel.

63. MOLÉ. Essai de morale et de politique. *Paris*, 1806, in-8, demi-rel.

64. ADAMS (John). Défense des constitutions américaines, avec des notes de Lacroix. *Paris*, 1792, 2 vol. in-8, bas. fil.

II. Administration. — Économie politique.

65. AUBIERS (Des). Manuel des préfets et sous-préfets. *Paris*, 1846, in-8, br.

66. Circulaires, instructions et autres actes émanés du ministère de l'intérieur, de 1797 à 1830 inclus. *Paris, Imp. roy.*, 1821-1830, 6 vol. in-8, br.

67. VAUX (Léon de), du Cher. Etudes sur l'administration. *Paris*, 1845, in-8, demi-rel., mar. fil.

68. COSTAZ (Cl. A.). Histoire de l'administration en France, de l'agriculture, des arts utiles, du commerce. *Paris*, 1843, 3 vol. in-8, br. — Lettre autogr. de l'auteur.

69. LABOULINIÈRE (P.). De la disette et de la surabondance en France. *Paris*, 1821, 2 vol. in-8, demi-rel. bas.

70. 30 Rapports ou Mémoires relatifs à l'importation ou à l'exportation des grains. *Paris*, 1821, in-8, demi-rel. bas.

71. DUPIN. Histoire de l'administration des secours publics. *Paris*, 1821, in-8, demi-rel.

72. Code administratif des hôpitaux civils de Paris. *Paris*, 1824, 3 vol. in-4, bas.

73. 18 pièces in-8 et in-4 sur les Associations de bienfaisance et les prisons.

74. DELAMARE. Traités de la police où l'on trouvera l'histoire de son établissement, etc. *Paris*, 1713, 4 vol. in-fol. fig. v. tr. dor.

75. FRESNEL (R.). Considérations sur la nécessité de fonder

des maisons de refuge d'épreuves morales pour les condamnés libérés. *Paris*, 1829, in-8, mar. vert fil., 2 pl.

76. BRETIGNERES DE COURTEILLES. Les condamnés et les prisons, ou Réforme morale, criminelle et pénitentiaire. *Paris*, 1838, in-8, br.—Recueil de 16 pièces in-8, br., dont plusieurs avec fig., sur la colonie agricole de Mettray et autres établissements de répression pour les garçons en bas âge. — 14 pièces in-8 sur l'économie politique.

77. HUERNE DE POMMEUSE. Des colonies agricoles et de leurs avantages. *Paris*, 1832, 1 gros vol. in-8 de plus de 900 p. br. fig.

78. MOROGUES (de). Recherches des causes de la richesse et de la misère des peuples civilisés. 1 vol. in-4 autographié.

79. ROYER (C. E.). Notes économiques sur l'administration des richesses et la statistique agricole de France. *Paris*, 1843, 1 vol. grand in-8, br. et atlas.

80. JOBARD. Création de la propriété intellectuelle. De la nécessité et des moyens d'organiser l'industrie, de moraliser le commerce et de discipliner la concurrence. *Brux.*, 1843, gr. in-8, br. 68 p.

Tiré à cent exempl. Celui-ci porte le n° 79.

81. TURGOT. Œuvres, précédées et accompagnées de mémoires et de notes sur sa vie et ses ouvrages. *Paris*, 1811, 9 vol. in-8, demi-rel. port.

82. POTHERAT DE THOU. Recherches sur l'origine de l'impôt en France. *Paris*, 1838, in-8, br.—ROEDERER (A. M.). Études sur les systèmes du libre-échange et de la protection. *Paris*, 1851, in-8, br.

83. FORBONNAIS. Recherches et considérations sur les finances de France, de 1595 à 1721. *Liége*, 1758, 6 vol. in-12, v.

83 *bis*. MAUROY. Du commerce des peuples de l'Afrique septentrionale dans l'antiquité, le moyen âge et de nos jours. *Paris*, 1846, in-8, br.

III. Sciences physiques. — Chimie.

84. AIMÉ-MARTIN. Lettres à Sophie sur la physique, la chi-

mie et l'histoire naturelle. *Paris*, 1822, 2 vol. in-8. v. fil. dent. orn. fers à froid, fig. col.

85. Bibliothèque physico-économique, de 1784 à 1790 inclus., 12 vol., et 1802-1810 inclus., 16 vol., ens. 28 vol. in-12, demi-rel.

86. Observations sur la physique, sur l'histoire naturelle et sur les arts, par l'abbé Rozier, continuées de 1794, par Lamétherie et autres jusqu'en 1822 sous le titre de Journal de physique. *Paris*, 1773 à 1822, 95 vol. in-4 et 2 vol. d'introduction, ens. 97 vol. in-4 rel. bas. plus, les six premiers mois de 1823 en livraisons.

87. BERGMAN. Opuscules chimiques et physiques, trad. par de Morveau. *Dijon*, 1780, 2 vol. in-8, demi-rel.— MODEL. Récréations physiques, économiques et chimiques, trad. par Charpentier. *Paris*, 1774, 2 vol. in-8, demi-rel.

88. Annales de Chimie, ou Recueil de mémoires concernant la chimie et les arts qui en dépendent, par de Morveau, Lavoisier, Monge, etc., etc. *Paris*, 1790 à juillet 1815, 96 tom. en 48 vol. in-8, demi-rel., avec 2 vol de table pour les 60 premiers vol.—Annales de Chimie rédigées par Gay-Lussac, Arago, etc. *Paris*, 1816-1832, 48 vol. in-8, demi-rel. fig.

Les douze derniers volumes sont en livraisons.

89. HOMBRES-FIRMAS (d'). Recueil de mémoires et d'observations, de physique, de météorologie, d'agriculture et d'histoire naturelle. *Nismes*, 1838, in-8, br. fig.

90. FRANKLIN. Œuvres trad. de l'Anglais par Barbeu-Dubourg. *Paris*, 1773, 2 t. en 1 vol. in-4, v. portr., fig.

91. FRANCŒUR. Mémoire sur l'aréométrie et en particulier sur l'aréomètre centigrade. *Paris*, 1842, in-4, br. fig.

92. IZARN (J.) Des pierres tombées du ciel, ou lithologie atmosphérique. *Paris* 1803, in-8, demi-rel. — MOROGUES. Mémoire historique et physique sur les chutes des pierres tombées sur la surface de la terre à diverses époques. *Orléans*, 1812, in-8, demi-rel.

93. TARDIN (J.). Histoire naturelle de la fontaine qui brusle, près de Grenoble. *Tournon*, 1618, pet. in-12, bas.

94. VALLEMONT (L. L. de). Description de l'aimant qui s'est formé sur la pointe du clocher de Chartres. *Paris*, 1692, 1 vol. in-12, v.

95. BERTHIER (P.). Traité des essais par la voie sèche, ou

des Propriétés des substances métalliques et des combustibles. *Paris*, 1844. 2 vol. in-8, br. fig.

96. CAUCHY (P. F.). Principes généraux de chimie inorganique. *Brux.*, 1838, in-8, br.

97. CHAPTAL (J. A.). Chimie appliquée aux arts. *Paris*, 1807, 4 vol. in-8, bas.

98. CHAPTAL. Chimie appliquée à l'agriculture. *Paris*, 1823, 2 vol. in-8, demi-rel.

99. KUHLMANN (Fréd.) Expériences chimiques et agronomiques. *Paris*, 1847, in-8, br. — 12 pièces in-4 et in-8 de M. Bussy, directeur de l'École de pharmacie.

100. PAYEN (A.) et A. CHEVALIER. Traité élémentaire des réactifs. *Paris*, 1832, in-8, demi-rel. fig.

IV. Sciences naturelles.

A. TRAITÉS GÉNÉRAUX. — MÉLANGES.

101. Annales du Muséum d'Histoire naturelle, par les professeurs de cet établissement. *Paris*, 1802-1813, 20 vol. in-4. — Mémoires du Muséum d'Histoire naturelle. *Paris*, 1815-1825, 12 vol. in-4, fig., ens. 32 vol. in-4, demi-rel.
Les deux derniers vol. sont en livraisons.

102. BONNET (Ch.). Œuvres d'Histoire naturelle et de philosophie. *Neuchâtel*, 1779-83, 8 t. en 10 vol. in-4, v. fig.

103. BONNET (C.). Contemplation de la nature. *Lausanne*, 1770, 2 vol. in-12, bas.

104. DELEUZE. Histoire et description du musée d'Histoire naturelle. *Paris*, 1823, 1 gros vol. in-8, v. fig.

105. Dictionnaire des Sciences naturelles. *Paris*, *Panckoucke*, 1816, 60 vol. in-8, br. fig.

106. Dictionnaire (nouveau) d'Histoire naturelle appliquée aux arts, par une Société de gens de lettres. *Paris*, 1803, 24 vol. in-8, bas. fil. fig.

107. LUC (de). Lettres physiques et morales sur l'Histoire de la terre et de l'homme. *Paris*, 1779, 6 vol. in-8, cart.

108. LYCOSTENES (Conr.). Prodigiorum ac ostentorum chronicon. *Basileæ*, 1557, pet. in-fol. fig. v.

109. PLUCHE. Le Spectacle de la nature. *Paris*, 1782, 8 t. en 9 vol. in-12, fig., bas.

—

110. BORY DE SAINT-VINCENT. Voyage souterrain, ou description du plateau de S.-Pierre de Maestricht. — DUFOUR (Léon). Lettres sur les Montagnes maudites. *Paris*, 1821, in-8, 3 pl.

111. DEFAY. La nature considérée dans plusieurs de ses opérations ou Mémoires sur l'Histoire naturelle et la minéralogie de l'Orléanais. *Paris*, 1783, in-8, demi-rel.

112. DULAC (All.). Mémoires pour servir à l'Histoire naturelle du Lyonnois, Forez et Beaujolois. *Lyon*, 1765, 2 vol. pet. in-8, v.

113. FAUJAS DE SAINT-FOND. Histoire naturelle de la province de Dauphiné. *Grenoble*, 1781, in-8, demi-rel.
Tome I, seul paru.

114. SOULAVIE (l'abbé). Histoire naturelle de la France méridionale. *Paris*, 1780, 7 vol. in-8, demi-rel. pl.

115. PALASSOU. Mémoire pour servir à l'Histoire naturelle des Pyrénées. *Pau*, 1815, 2 vol. in-8, demi-rel.

116. SAUSSURE (H.-B. de). Voyage dans les Alpes, précédé d'un Essai sur l'Histoire naturelle des environs de Genève. *Neuchâtel*, 1779, 4 vol. in-4, bas. 19 pl.

117. MOLINA. Essai sur l'Histoire naturelle du Chili, trad. de l'italien, par Gruvel. *Paris*, 1789, in-8, demi-rel.

B. GÉOLOGIE.

1. *Théorie de la terre ; Constitution minéralogique du globe et de ses parties.*

118. AUBUISSON DE VOISINS. Traité de géognosie. *Strasbourg*, 1819, 2 vol. in-8, demi-rel.

119. BERTRAND (L.). Renouvellements périodiques des continents terrestres. *Genève*, 1803, in-8, demi-rel.

120. BLAVIER (Ed.). Essai de statistique minéralogique et géologique du département de la Mayenne. *Paris*, 1837, in-8, br. 2 pl. — BLAVIER. Etudes géologiques sur le départ. de l'Orne. *Alençon*, in-8, 96 pag. br. fig.

121. BONNARD (A.-H.). Aperçu géognostique des terrains.

Paris, 1819, in-8, demi-rel. — Essai géognostique sur l'erzgebirge, ou sur les montagnes métallifères de la Saxe. *Paris*, 1816, in-8, demi-rel. — Notice géognostique sur quelques parties de la Bourgogne. *Paris*, 1825, in-8, br. 3 pl. — Sur la constance des faits géologiques qui accompagnent le gisement du terrain d'Arkose. *Paris*, 1828, in-8, br. 3 pl.

122. BOUÉ. Essai géologique sur l'Ecosse. *Paris*, 1820, in-8, demi-rel. fig. — Guide du géologue voyageur. *Paris*, 1835, 2 vol. in-12, br. 4 pl.

123. BREISLAK (Sc.). Institutions géologiques, trad. de l'ital. par Campmas. *Milan*, 1818, 3 vol. in-8, et Atlas de 55 pl. in-fol. oblong, demi-rel.

124. BRONGNIART (Al.). Tableau des terrains qui composent l'écorse du Globe. *Paris*, 1829, in-8, br. — Géognosie du département de la Manche, in-8, br. 30 p. — Mémoire sur les terrains de sédiment du Vicentin. *Paris*, 1823, in-4, cart. 6 pl.

125. BUCKLAND (W.). Geology and mineralogy considered with reference to natural theology. *London*, 1836, 2 vol. in-8, cart. fig.

126. BUCKLAND (W.). La géologie et la minéralogie dans leurs rapports avec la théologie naturelle. *Paris*, 1838, 2 vol. in-8, cart.

127. Bulletin de la Société géologique de France ; — 1re série, 1830-1843, 14 vol. in-8, fig. ; — 2e série, 1844-1852, 9 vol. in-8, ens. 23 vol. in-8, en livr.

128. CACARRIÉ. Description géologique du départ. de Maine-et-Loire. *Angers*, 1845, in-8, br. — CHARPENTIER (J. de). Essai sur la Constitution géognostique des Pyrénées. *Paris*, 1823, in-8, carte.

129. CHAUBARD (L. A.). Eléments de géologie, mis à la portée de tout le monde. *Paris*, 1838, in-8, br. 4 pl. — DELUC (J.-A.). Traité élémentaire de géologie. *Paris*, 1809, in-8.

130. DEVÈZE DE CHABROL et BOUILLET. Essai géologique et minéralogique sur les environs d'Issoire. *Clermont*, 1827 in-fol., br. 30 pl.

131. DUJARDIN (Felix). Mémoire sur les couches du sol en Touraine, et description des coquilles, de la craie et des

filons, in-4, br. 6 pl. — CORDIER (L.). Essai sur la température de l'intérieur de la terre, in-4, br. 84 p.

132. ÉLIE DE BEAUMONT. Instructions pour l'exploration géologique de l'Algérie, in-4, br, 40 p. — Observations géologiques sur les Vosges. *Paris*, 1828, in-8, br. 3 pl. — 7 brochures in-8 du même auteur sur le système des soulèvements.

133. ÉLIE DE BEAUMONT (L.). Leçons de géologie pratique. *Paris*, 1845, in-8, br. cartes, t. 1er.

134. FAUJAS DE St-FOND. Essai de géologie, ou Mémoires pour servir à l'histoire naturelle du globe. *Paris*, 1803, 3 vol. in-8. demi-rel. fig.

135. GALEOTTI (H.). Mémoire sur la constitution géognostique de la province du Brabant. *Brux.*, 1838, in-4, br. 7 pl.

136. GARNIER (F.). Mémoire géologique sur les terrains du Bas-Boulonnais. *Boulogne-sur-Mer*, 1823, in-4 mince, v. f. fil, fers à froid.

137. MANÈS. Notice géognostique sur le bassin secondaire compris entre les terrains primitifs du Limousin et ceux intermédiaires de la Vendée. *Paris*, 1850, in-8, br. et atlas.

138. HÉRAULT. 7 pièces in-8 sur la géologie et la minéralogie du département du Calvados. — GIRARD. Observations sur l'histoire physique de la vallée de la Somme. 1795, in-8, 54 p. demi-rel.

139. LAIZER (Louis). Lettre sur le Puy-Chopine, l'une des montagnes volcanisées qui forment la chaîne du Puy-de-Dôme. *Clermont*, 1808, in-8, demi-rel., 62 p. 3 pl. — LESCHEVIN (P. X.). Mémoire sur la constitution géologique de la Côte-d'Or. *Paris*, 1813, in-8, demi-rel. 48 p. 13 pl.

140. Mémoire de la Société géologique de France. *Paris*, 1833, in-4, br. fig. t. 1er en 2 parties.

141. MOROGUES (Bigot de). Observations minéralogiques et géologiques sur les substances du Morbihan, du Finistère et Côtes-du-Nord. *Paris*, 1810, in-8, demi-rel.

142. OMALIUS D'HALLOY (J. J. d'). Introduction à la géologie, astronomie, météorologie, minéralogie. *Paris*, 1833, in-8, br. et atlas.

143. OMALIUS D'HALLOY (d'). Eléments de géologie. *Paris*, 1835, in-8, br. — Observations sur un essai de carte géologique de la France. *Paris*, 1823, in-8, br. 20 p. carte.

144. OMALIUS D'HALLOY (d'). Mémoires pour servir à la description géologique des Pays-Bas et de la France. *Namur,* 1828, in-8, br. carte et pl.

145. PASSY (A.) Description géologique du département de la Seine-Inférieure. *Rouen,* 1832, in-4, demi-rel, 20 pl. col. — Notice géologique sur le département de l'Eure. *Evreux,* 1832, in-8, br. 32 p.

146. Recueil de 30 pièces in-8 sur la minéralogie et la géologie réunies en 1 vol. in-8, demi-rel.

147. RIVIÈRE. Considérations pour servir à la théorie de la classification rationnelle des terrains. *Paris,* 1847, in-8, br. — Géologie de la Vendée, 36 p. in-8, br. 5 pl.

148. SAINT-BRICE (P.). Mémoire sur la géognosie du département du Nord. *Lille,* 1826, in-8, br.

149. SENARMONT, ingén. Essai d'une description géologique du département de Seine-et-Marne. *Paris,* 1844, in-8, br.

150. SERRES (Marcel de). De la cosmogonie de Moïse, comparée aux faits géologiques. *Paris,* 1841, 2 vol. in-8, br.

151. TRAVANET (de). Physiologie de la terre, études géologiques et agricoles. *Paris,* 1844, gros in-8, br.

152. Transactions of the geological society. *London,* 1811-1822, en 8 parties in-4, nombr. fig.

2. *Montagnes et volcans.*

153. BOURRIT (T,). Description des Alpes pennines et rhétiennes. *Genève,* 1781, 2 vol. in-8, bas. fig.

154. BRONGNIART (Al.). Des volcans des terrains volcaniques. *Paris,* 1829, in-8, br.

155. COLLINI. Considérations sur les montagnes volcaniques. *Mannheim,* 1781, in-4, br. 1 carte.

156. DAUSSE. Essai sur la forme et la constitution de la chaîne des Rousses, en Oisans (Isère), in-4, 32 p. 3 pl. col. — BILLIET (Mgr). Mémoires sur les tremblements de terre ressentis en Savoie. *Chambéry,* 1848, in-8, br. 42 p.

157. DOLOMIEU. Mémoire sur les îles Ponces et catalogue raisonné des produits de l'Etna. *Paris,* 1788, in-8, demi-rel.

158. DOLOMIEU. Théorie générale de l'action des feux souterrains, ou Histoire naturelle des volcans. 1776, in-4, MSS.

159. DRALET. Description des Pyrénées, considérées sur les rapports de la géologie, de l'économie politique, rurale et forestière. *Paris,* 1813, 2 vol. in-8, br.

160. FAUJAS DE SAINT-FOND. Système minéralogique des volcans. *Paris,* 1809, in-8, cart. n. rog. fig. — Essai sur les montagnes. *Amst.,* 1775, 2 vol. in-8, v. fil.

161. FAUJAS DE SAINT-FOND. Recherches sur les volcans éteints du Velay. *Grenoble,* 1778, in-fol. demi-rel. 19 pl.— Essai sur l'histoire naturelle des roches de Trapp. *Paris,* 1788, in-12.

162. FAUJAS-SAINT-FOND (B.). Histoire naturelle de la montagne de Saint-Pierre, de Maestricht. *Paris,* 1799, in-fol. demi-rel., 54 pl.

163. GROUNER. Histoire naturelle des glaciers de Suisse, trad. de l'allemand, par de Kéralio. *Paris,* 1770, in-4, v., 20 belles pl.

164. LACOSTE. Observations sur les volcans d'Auvergne. *Clermont,* 1803, in-8, demi rel. — Lettres minéralogiques et géologiques sur les volcans de l'Auvergne. *Clermont,* 1805, in-8, demi rel. — Mont-Joux (le) ou le Mont-Bernard. *Paris,* 1801, in-8, demi-rel., 1 fig.

165. MONTLOSIER. Essai sur la théorie des volcans d'Auvergne. *Clermont,* 1802, in-8, demi-rel.

166. ORDINAIRE (C.-N.), chanoine de Riom. Histoire naturelle des volcans, comprenant les volcans sous-marins, ceux de boue et autres phénomènes. *Paris,* 1802, in-8, demi-rel., carte.

167. HAMILTON (W.). Relations des derniers tremblements de terre arrivés en Calabre et en Sicile. *Genève,* 1784, pet. in-12, demi-rel., 76 p. — Histoire du Mont-Vésuve, avec l'explication des phénomènes qui accompagnent les embrasements de cette montagne, trad. de l'italien. *Paris,* 1741, in-12, v., 2 fig. — PONZI, Mémoire sur la zone volcanique d'Italie, in-8, br., 16 pl. et carte. — PALLAS. Observations sur la formation des montagnes. *Saint-Pétersbourg,* 1782, in-12, br.

168. ROZET. Description géologique de la partie méridionale de la chaine des Vosges. *Paris,* 1834, in-8, br., pl.

— ROZET. Mémoire géologique sur la masse de montagnes qui sépare le cours de la Loire de ceux du Rhône et de la Saône, in-4, br., 152 p., 3 pl. col.

169. ROZET. Mémoire sur les volcans d'Auvergne. *Paris*, 1843, in-4, br., carte.

170. SURELL (Al.). Etude sur les torrents des Hautes-Alpes. *Paris*, 1841, in-4, br.

171. THOUM (Louis du). Le tremblement de terre, où sont contenus les causes, signes, effets et remède. *Bordeaux*, 1616, in-8, parch.

172. TORRE (P.-D. m. della). Storia e fenomeni del Vesuvio. *Naples*, 1768, in-4, 10 pl. — TORRE (J.-M. de la). Histoire et phénomènes du Vésuve. *Naples*, 1771, in-8, fig.

173. TRÉBRA (D.). Observations sur l'intérieur des montagnes, précédée d'un plan d'histoire générale de la minéralogie. *Paris*, 1800, in-fol. v. fil., 8 grandes planches col.

3. *Histoire naturelle des eaux.*

174. Annuaire des eaux de la France pour 1851. *Imprimerie nationale*, 1851, in-4, br., première partie.

175. CARRÈRE (J.-B.-F.). Catalogue raisonné des ouvrages qui ont été publiés sur les eaux minérales en général, et sur celles de France en particulier. *Paris* 1785, in-4, demi-rel.

176. CALMET (dom). Traité historique des eaux et bains de Plombières, de Bourbonne, de Luxeuil. *Nancy*, 1748, in-8, bas., fig.—DIDELOT. Avis aux personnes qui font usage des eaux de Plombières. *Bruyères*, 1782, in-8. — LE CAMUS (de Mézières). Description des eaux de Chantilly et du Hameau. *Paris*, 1783, in-8, demi-rel.

177. DUPASQUIER (Alp.). Des eaux de sources et des eaux de rivières comparées. *Paris*, 1840, 1 gros vol. in-8, br., carte. — 4 pièces sur les eaux minérales. — Carte des eaux minérales de France collée sur toile.

178. RAMAZINI (Bernardi) de fontium mutinensium admiranda scaturigine tractatus. *Mutinæ*, 1691, in-4, fig. cart.

179. Recueil de 10 pièces in-8 et in-4 sur les cours d'eau, les étangs, le dessèchement des marais, etc. — Recueil de

vingt-quatre pièces in-4 et in-8 sur les eaux thermales et minérales.

C. MINÉRALOGIE.

1. *Traités généraux.*

180. BRARD. Nouveaux éléments de minéralogie. *Paris*, 1838, in-8, br. — BROCHANT. Traité élémentaire de minéralogie. *Paris*, 1801, 2 vol. in-8, demi-rel.

181. BRARD (C.-P.). Minéralogie appliquée aux arts. *Paris*, 1821, 3 vol. in-8, bas. fig. — Dissertation historique d'une collection de minéralogie appliquée aux arts, 1833, in-8, br. 80 p.

182. BRONGNIART (Al.). Traité élémentaire de minéralogie. *Paris*, 1807, 2 vol. in-8, bas.

183. BRONGNIART (Al.). Classification et caractères minéralogiques des roches homogènes et hétérogènes. *Paris*, 1827, in-8, br. — 8 pièces in-8, de M. Brongniart, sur les sciences naturelles.

184. Catalogue des huit collections qui composent le Musée minéralogique de De Drée. *Paris*, 1811, in-4, demi-rel. 12 pl. — Catalogues (5) de collections minéralogiques, 1780-1787, in-8, demi-rel.

185. CHICORAT et DUPONT, av. Nouveau Code des mines annoté. *Paris*, 1846, grand in-8, br.

186. CUVIER (G.) et BRONGNIART. Essai sur la minéralogie des environs de Paris. *Paris*, 1811, in-4, bas. pl. et carte.

187. DUHAMEL. Géométrie souterraine élémentaire, où l'on traite des filons ou veines minérales et de leurs dispositions dans le sein de la terre, etc. *Imp. roy.* 1787, 2 tom. en 1 vol. in-4, demi-rel. fig.

188. HAUY. Traité de minéralogie. *Paris*, 1801, 5 vol. in-8, demi-rel. bas. dont un de planches.

189. HÉRON DE VILLEFOSSE. De la Richesse minérale. Considérations, sur les mines, usines et salines. *Paris*, 1819, 3 vol. in-4, v. et atlas de 63 pl. grand in-fol. en livraisons.

190. D'ARGENVILLE. Histoire naturelle éclaircie dans une de ses parties principales, l'oryctologie, qui traite des terres,

des pierres, des métaux, des minéraux et autres fossiles. *Paris*, 1755, in-4, 26 pl.

191. Journal des Mines publié par l'Agence des mines. *Paris*, 1795 à 1815, 38 vol. avec 2 vol. de tables. ens. 40 vol. cartes et plans. — Annales des Mines... Années 1816 à 1830 inclus, 22 vol. in-8 avec la table (le t. 2 de 1830 manque).— 1832 à 1841 inclus, 20 vol. in-8, en livr., avec la table de ces 20 vol. — De 1842 à 1851 inclus. 20 vol. in-8, en livr. et table, ensemble 103 vol. in-8, demi-rel.

192. LAUNAY (L. de). Minéralogie des anciens. *Brux.* ,1803, 2 vol. in-8, demi rel.

193. MILLIN. Minéralogie homérique. *Paris*, 1789, in-8. — SAGE. Eléments de minéralogie docimastique. *Imp. roy.*, 1777, 2 vol. in-8, bas. portr. — VALMONT DE BOMARE. Minéralogie, ou nouvelle exposition du règne minéral. *Paris*, 1774, 2 vol. in-8, v.

194. PAJOT-DESCHARMES. Guide du mineur et des concessionnaires des mines. *Paris*, 1826, 2 vol. in-8, br.

195. PALISSY (Bern.). Œuvres, revues par Faujas de Saint-Fond. *Paris*, 1777, in-4.

196. Recueil de 14 vol. in-4, br., sur les mines, minerais et l'Histoire naturelle en général.

197. Recueil de 41 pièces in-8, br., sur la minéralogie, la chimie, la salubrité publique, etc., etc.

---

198. BOURNON (le comte de). Traité complet de la chaux carbonatée et de l'arragonite. *Londres*, 1808, 2 t. en 1 vol. in-4, demi-rel. 72 pl.

199. DURAND (David). Histoire naturelle de l'or et de l'argent. *Londres*, 1729, in-fol. v.

200. Traité du fer et de l'acier, avec 15 pl. en taille-douce. *Paris*, 1804, in-4, demi-rel. bas. — CORDIER. Sur les mines de houille de la France et l'importation des houilles étrangères. *Paris*, 1815, in-8, demi-rel. bas. 80 p. carte.

2. *Minéraux de différents pays.*

201. BEUDANT (F.). Voyage minéralogique et géologique en Hongrie. *Paris*, 1822, 4 vol. in-4, v., et atlas in-fol. demi-rel. L. A. S.

202. BRONGNIART. Essai sur la géographie minérale des environs de Paris, in-4, 34 p. — BOULANGER. Description du bassin houillier de Decize (Nièvre). *Paris*, 1849, in-4, br. 48 p. et atlas in-fol.

203. BUCHOZ (P. J.). Vallerius Lotharingiæ, ou Catalogue des mines, terres, fossiles, sables et cailloux de la Lorraine et des trois évêchés. *Nancy*, 1768, in-12, mar. r. fil. tr. d. armoiries.

204. DAUBUISSON (J. F.). Des mines de Freiberg en Saxe et de leur exploitation. *Leipsic*, 1802, 3 vol. in-8, fig. demi-rel. bas.

205. DESVAUX. Minéralogie méthodique du département de la Loire-Inférieure. *Nantes*, 1843, in-8, br.

206. DIETRICH (de). Description des gîtes de minerai, des forges et des salines des Pyrénées, suivie d'observations sur les fers du Poitou. *Paris*, 1786, 3 vol. in-4, demi-rel.

207. DUFRÉNOY. Mémoire sur la position géologique des principales mines de fer de la partie orientale des Pyrénées. *Paris*, 1834, in-8, br. 50 p. 1 pl.—DELESSE. Mémoires sur la constitution minéralogique des roches des Vosges, 42 p. in-8, 1 pl. — DUSOUICH (A.). Essai sur les recherches de houille dans le nord de la France. *Paris*, 1839, in-8, br. 3 pl.

208. Essai sur la minéralogie des monts Pyrénéens. *Paris*, 1781, in-4, demi-rel. 8 pl.

209. Etude géologique des terrains de la rive gauche de l'Yonne compris dans les arrondissements d'Auxerre et de Joigny. *Auxerre*, 1843, in-8, br. 2 cartes et 10 pl. lith.

210. FOURNEL (H.). Etude des gîtes houilliers et métallifères du bocage vendéen en 1834 et 1835. *Impr. roy.*, 1836, in-4, br. et atlas gr. in-fol.

211. FOURNEL (H.) et J. DYÈVRE. Mémoire sur les canaux souterrains et sur les houillères de Worsley, près Manchester. *Paris*, 1842, in-fol. br. pl.

212. FRANÇOIS (Jules). Recherches sur le gisement et le traitement direct des minerais de fer dans les Pyrénées. *Paris*, 1843, 1 vol. in-4, br. et atlas de 13 pl.

213. GARELLA (Nap.) Étude du bassin houillier de Gra-Nessac (Hérault), faite en 1838. *Paris*, 1843, in-4 mince et atlas gr. in-fol. br. — Notice minéralogique sur la province d'Alger. *Alger*, 1850, in-8, br. 50 p.

214. GOBET. Les anciens minéralogistes du royaume de France, avec des notes. *Paris*, 1779, 2 vol. in-8, demi-rel.

215. LEVALLOIS (J.). Mémoire sur les travaux exécutés dans le département de la Meurthe pour la recherche et l'exploitation du sel gemme. *Paris*, 1834, in-8, br. 3 pl.— — GARNIER (F.). Mémoire concernant les recherches entreprises dans le Pas-de-Calais pour y découvrir de nouvelles mines de houille. 1828, in-4, br. 108 p. 7 pl. — Mémoire géologique sur les terrains du Bas-Boulonnais. 1823, in-4, br. 42 p.

216. GRAS (Scipion). Statistique minéralogique des départements de la Drôme et des Basses-Alpes. *Grenoble*, 1835 et 1840, in-8, br. cartes.

217. GUA DE MALVES (l'abbé de). Projet d'ouverture et d'exploitation de minières et mines d'or aux environs du Cézé, du Gardon et de l'Eraut. *Paris*, 1764, in-8, br. fig.

218. GUETTARD. Mémoires sur la minéralogie du Dauphiné. *Paris*, 1779, 2 vol. in-4, demi-rel. 19 pl.

219. JARS. Voyages métallurgiques, ou recherches et observations sur les mines et forges de fer. *Paris*, 1774, 3 vol. in-4, v. f. fil.

220. LA PEIROUSE. Traité sur les mines de fer et les forges du comté de Foix. *Toulouse*, 1786, in-8, v. fig.

221. LEYMERIE (A). Statistique géologique minéralogique du département de l'Aube. *Troyes*, 1846, in-8, br. et atlas in-4 oblong.

222. MANÈS. Mémoire sur les bassins houilliers de Saône-et-Loire. *Paris*, 1844, in-4, br. et atlas in-fol.

223. MANÈS (W.). Statistique minéralogique, géologique et métallurgique de Saône-et-Loire. *Mâcon*, 1845, in-8, br. fig.

224. MARNESIA. Essai sur la minéralogie du baillage d'Orgelet, en Franche-Comté. *Besançon*, 1768, in-8, demi-rel.

225. MONNET. Atlas et description minéralogique de France (Beauvoisis, Picardie, Boulonnais, Flandre, Lorraine). *Paris*, 1780, in-fol. fig. 47 cartes.

226. OPOIX. Minéralogie de Provins et de ses environs. *Paris*, 1803, 2 t. en 1 vol. in-12.

227. RAZOUMOWSKY (G. de). Voyages minéralogiques dans le gouvernement d'Aigle. *Lausanne*, 1784, in-8,

demi-rel. — 4 vol. in-8, demi-rel. sur la minéralogie. — Recueil de 5 pièces in-8 sur les salines du nord-est de la France.

228. Recueil de documents relatifs à l'exploitation des mines métallurgiques de l'Aveyron. *Paris*, 1847, 1 vol. gr. in-8, demi-rel. mar. noir. fig.

229. Recueil de 22 pièces in-8, br., sur les mines de sel gemme de Vic.

230. Recueil de 24 pièces in-8, sur la minéralogie.

231. RIVIÈRE (A.). Mémoire minéralogique et géologique sur les roches dioritiques de la France occidentale. *Paris*, 1844, in-8, br. 46 p. — Notice relative à certains gîtes métallifères des Alpes. *Paris*, 1850, in-8, br. 150 p.

232. TRISTAN (J. de). Note sur la géologie du Gatinais. *Orléans*, 1811, in-8, 20 p. — MOROGUES. Essai sur la constitution minéralogique et géologique du sol et des environs d'Orléans, 31 p. — Note sur les gyronites trouvés dans le département de la Sarthe. 4 p. — Essai sur la topographie de la Sologne. 32 p. ens. 1 vol. in-8, demi-rel.

3. *Exploitation et extraction des mines.*

233. AGRICOLÆ (G.) de re metallica libri XII, quibus officia, instrumenta, machinæ, etc. sermone ac multis effigiebus describuntur. *Basileæ*, 1657, in-fol.

234. Atlas du mineur et du métallurgiste, ou recueil de dessins lithographiés relatifs à l'exploitation des mines. *Paris*, 1837 à 1842, grand in-fol. oblong, en livraisons.

235. BORN (de). Méthode d'extraire les métaux parfaits des minerais, par le mercure. *Vienne*, 1788, in-4, demi-reliure, 21 pl.

236. BRARD. Éléments pratiques d'exploitation. *Paris*, 1829, in-8, br. fig.

237. COURTIVRON (de) et BOUCHU. Art des forges et fourneaux à fer. 1 gros vol. in-fol. demi-rel. bas. 42 pl.

238. DELIUS. Traité sur la science de l'exploitation des mines, par théorie et par pratique, traduit de l'allemand, par Schreiber. *Paris*, 1778, 2 vol. in-4, demi-rel. 26 pl.

239. DULEAU (A.) Essai théorique et expérimental sur la résistance du fer forgé. *Paris*, 1820, in-4, 80 p. demi-rel. 5 pl.

240. GENSSANE (de). Traité de la fonte des mines par le feu du charbon de terre. *Paris*, 1770, 2 vol. in-4, demi-reliure, 69 pl.

241. GUENYVEAU. Principes généraux de métallurgie. *Paris*, 1824, in-8, demi rel. — Nouveaux procédés pour fabriquer la fonte et le fer en barres. *Paris*, 1835, in-8, br. 2 pl. — De l'état de la fabrication du fer et de l'avenir des forges. *Paris*, 1838, in-8, br.

242. HASSENFRATZ (J.-H.) La sidérotechnie, ou l'Art de traiter les minerais de fer, pour obtenir de la fonte du fer ou de l'acier. *Paris*, 1812, 4 vol. grand in-4, demi-rel. bas. fig. portr. L. A. S.

243. MORAND. L'art d'exploiter les mines de charbon de terre, 1768, 3 vol. in-fol. demi-rel. nombr. pl.

244. PINI (Hermenegildi) de venarum metallicarum excoctione tractatus. *Vindobonæ*, 1786, 2 vol. in-4, v. 35 pl.

245. SCHLUTTER. La fonte des mines, des fonderies, etc. trad. de l'allemand, et augmenté par Hellot. *Paris*, 1764, in-4, demi-rel. 60 fig.

246. Traité de l'exploitation des mines, traduit de l'allemand, par Monnet. *Paris*, 1773, in-4, v. 24 pl.

4. *Marbres, cristaux et pierres précieuses.*

247. BACCIUS (And.). De gemmis et lapidibus pretiosis. *Francof.*, 1603, in-12, v. f. fil.

248. BRARD (C.-P.). Traité des pierres précieuses, des porphyres, des granits, marbres, albâtres et autres roches propres à recevoir le granit. *Paris*, 1808, 2 vol. in-8, br.

249. BREISLAK (Sc.). Voyages physiques et lithologiques dans la Campanie. *Paris*, 1801, 2 vol. in-8, demi-rel. fig.

250. CADET, le jeune. Mémoires sur les jaspes et autres pierres précieuses de la Corse. *Bastia*, 1785, in-12, demi-rel. — DAUBUISSON (J.-F.). Mémoire sur les basaltes de la Saxe. *Paris*, 1803, in-8, demi-rel.

251. CLAVE (Est. de). Paradoxes ou traitez philosophiques des pierres et pierreries contre l'opinion vulgaire. *Paris*, 1635, in-8, v. fil.

252. DELESSE. Recherches sur le porphyre rouge antique, et sur la syénite rose d'Egypte. *Paris*, 1850, in-8, br. 22 p. fig. col. — FISCHER (Gott.). Essai sur la turquoise et sur la calaite. *Moskou*, 1818, in-8, demi-rel. 48 p. 3 pl.

253. HAUY. Traité des caractères physiques des pierres précieuses. *Paris*, 1817, in-8, br. fig. — Traité de cristallographie. *Paris*, 1822. 3 vol. in-8, veau, dont un atlas.

254. HENCKEL (J.-F.). Pyritologie ou histoire naturelle de la pyrite. On y a joint le Flora saturnisans, où l'auteur démontre l'alliance qui se trouve entre les végétaux et les minéraux. *Paris*, 1760, in-4, v. 5 pl.

255. MULLER. Lettre à M. le chevalier de Born sur la tourmaline du Tirol, traduit de l'allemand. *Bruxelles*, 1779, in-4, fig. mar. r. fil. dent. tr. d.

256. ROMÉ DE L'ISLE. Cristallographie, ou description des formes propres à tous les minéraux. *Paris*, 1783, 4 vol. in-8, bas. dont un atlas de tableaux et de planches.

257. THÉOPHRASTE. Traité des pierres. *Paris*, 1754, in-12, veau.

5. *Pétrifications. — Fossiles.*

258. BERTRAND (E.). Recueil de divers traités sur l'Histoire naturelle de la terre et des fossiles. *Avignon*, 1766, in-4, demi-rel. portr.

259. BRONGNIART. Prodrome d'une Histoire des végétaux fossiles. *Paris*, 1828, in-8, br. — Sur la classification et la distribution des végétaux fossiles. *Paris*, 1822, in-4, br. fig. — Tableau des genres de végétaux fossiles. *Paris*, 1849, gr. in-8, br. 130 p.

259 *bis*. CUVIER. Recherches sur les ossements fossiles des quadrupèdes. *Paris*, 1811, 4 vol. in-4, demi-rel. fig.

260. CUVIER (G.). Recherches sur les ossements fossiles, où l'on rétablit les caractères de plusieurs animaux dont les révolutions du globe ont détruit les espèces. *Paris*, 1821, 5 t. en 7 vol. in-4, cart. non rog. — Discours sur les révolutions de la surface du Globe et sur les changements qu'elles ont produit dans le règne animal. *Paris*, 1826, in-4, br.

261. FORTIS. Mémoire pour servir à l'Histoire naturelle et principalement de l'oryctographie de l'Italie. *Paris*, 1802, 2 vol. in-8, demi-rel. fig.

262. LAMARCK. Mémoire sur les fossiles des environs de Paris. *Paris*, 1807, in-4, demi-rel. (titre mss.)

263. Mémoires pour servir à l'Histoire naturelle des pétrifications dans les quatre parties du monde. *Lahaye*, 1742, in-4, 60 pl.

264. SCHMIDT (F.-A.). Petrenfacten-Buch, oder allgemeine und besondere Bersteinerungs-Kunde. *Stuttgart*, 1847, in-4, br. 64 pl. dont 57 color.

D. BOTANIQUE.

1. *Introduction. — Traités généraux.*

265. AIGUEBELLE (Ch. d'). Homographie, 20 dessins de plantes et de fleurs lithographiées, in-fol.

266. BRONGNIART (Al.). Considérations sur la nature des végétaux qui ont couvert la surface de la terre à différentes époques. *Paris*, 1838, in-4, br. 28 p.

267. CHOMEL (P.-J.-B.). Abrégé de l'Histoire des plantes usuelles. *Paris*, 1804, 2 vol. in-8, demi-rel.

268. DUCHESNE (E.-A.). Répertoire des plantes utiles et des plantes vénéneuses du globe. *Paris*, 1836, in-8, cart. — 7 pièces in-8, sur les céréales, l'agriculture, etc. — FONTENELLE (Julia de). Manuel de l'herboriste, de l'épicier-droguiste et du grainier-pépiniériste. *Paris*, *Roret*, 1828, 2 gros vol. in-18, br.

269. DUHAMEL DU MONCEAU. La physique des arbres, où il est traité de l'anatomie des plantes. *Paris*, 1758, 2 t. en 1 vol. in-4, v. f. fil. fig.

270. LE MAIRE. Herbier général de l'amateur. *Paris*, *Cousin*, 1841-1844, in-4, fig. col. 153 livr.

271. MIRBEL et PAYEN. Organographie et physiologie végétales. 1849, 3 br. in-4 minces, fig. col.

272. MOUTON-FONTENILLE. Système des plantes, extrait et traduit des ouvrages de Linné. *Lyon*, 1804, 5 vol. in-8, demi-rel.

273. PHILIBERT (J.-C.). Introduction à l'étude de la botanique. *Paris*, 1802, 3 vol. in-8, rel. bas. 10 pl. col.

274. Recueil de 20 pièces in-8, sur la botanique.

275. ROQUES (J.). Plantes usuelles, indigènes et exotiques, dessinées et coloriées d'après nature. *Paris*, 1807, 2 vol. in-4, fig. col. cart. non rogn.

276 *bis*, VENTENAT. Tableau du règne végétal selon la méthode de Jussieu. *Paris*, 1799, 4 vol. in-8, bas. 24 pl.

2. *Plantes de différents pays.*

277. Choix de 20 plantes indigènes et coloniales. *Paris*, 1822, lithogr. sur jésus. — Six bouquets composés et lithographiés par Mme Delaporte-Bessin, in-fol. col.

278. DESFONTAINES. Histoire des arbres et des arbrisseaux qui peuvent être cultivés en pleine terre sur le sol de la France. *Paris*, 1809, 2 vol. in-8, demi-rel.

279. DES ÉTANGS. Liste des noms populaires des plantes de l'Aube. *Paris*, 1845, in-8, br. 110 p. — LAMBERTYE (Léonce de). Catalogue raisonné des plantes vasculaires de la Marne. *Paris*, 1846, in-8, br. carte.

280. DUBOIS. Méthode éprouvée avec laquelle on parvient facilement à connaître les fleurs de l'intérieur de la France. *Paris*, 1825, in-8, br.

281. DURANDE. Flore de Bourgogne, ou Catalogue des plantes naturelles à cette province. *Dijon*, 1782, 2 vol. in-8, demi-rel.

282. FUSÉE-AUBLET. Histoire des plantes de la Guyane françoise. *Paris*, *Didot*, 1775, 4 vol. in-4, dont 2 de pl. mar. rouge fil. tr. dor.

283. GILIBERT (J.-E.). Histoire des plantes d'Europe, les plus communes, les plus utiles et les plus curieuses. *Lyon*, 1806, 3 vol. in-8, demi-rel. bas. fig.

284. GOUAN (Ant.). Flora Monspeliaca. *Lugd.*, 1765, in-8, demi-rel. n. rog.

285. HOFFMANN (G.-F.). La flore d'Allemagne, ou Étrennes botaniques pour 1791 et 1795. 2 vol. in-18, v. fil. fig. col.

286. LAMARCK. Flore française, ou Description succincte de toutes les plantes qui croissent naturellement en France. *Paris*, 1795, 3 vol. in-8, demi-rel.

287. LATERRADE (J.-F.). Flore Bordelaise. *Bordeaux*, 1846, in-12, br. — Plantes phanérogames qui croissent naturel-

lement aux environs de Toulouse. *Brignoles*, 1838, in-8, br. 118 p.

288. MARTINS (Ch.). Voyage botanique le long des côtes septentrionales de la Norwège. *Paris, Arthus Bertrand*, in-8, br. — Essai de la végétation de l'archipel des Féroë, comparée à celle de l'Islande méridionale, in-8, carte, 112 p. — De la colonisation végétale des Iles Britanniques, des Shetland, des Feroë et de l'Islande, in-8. br.

289. ROUCEL (F.). Flore du nord de la France, ou Description des plantes indigènes et de celles cultivées dans les départements de l'Escaut, de la Lys, etc., etc. *Paris*, 1803, 2 vol. in-8, demi-rel.

290. SAINT-HILAIRE (J.). La Flore et la Pomone fançaise, ou Histoire et figure en couleur des fleurs et fruits de France ou naturalisés sur le sol français. *Paris*, 1828, 3 gros vol. grand in-8, demi-rel.

291. SAINT-HILAIRE (Aug.), JUSSIEU (Adr. de) et CAMBESSÈDES (Jac.). Flora Brasiliæ meridionalis. *Paris., Belin*, 1824 à 1833, 22 livr. pet. in-fol. fig.

292. VILLARS. Histoire des plantes de Dauphiné. *Grenoble*, 1786, 4 vol. in-8, dont 1 de pl. demi-rel.

293. Voyage au Mont-Pilat dans la province du Lyonnais, contenant le Catalogue raisonné des plantes qui y naissent. *Avignon*, 1770, in-8, demi-rel.

3. *Monographie des plantes.*

294. ACHARIUS. Methodus qua omnes lichenes secundum organa carpomorpha ad genera, species et varietates illustrantur. *Stockolmiæ*, 1803, 3 vol. in-8, bas. fig. col.

295. BRIDEL (Sam. El.). Muscologia recentiorum, seu analysis, historia et descriptio methodica omnium muscorum, etc. *Gothæ*, 1797, 4 t. en 1 vol. in-4, demi-rel. fig.

296. JUNG (J.-J.). Iconographie du genre camélia, ou Collection des camélias les plus beaux et les plus rares ; avec une description exacte de chaque fleur, par l'abbé Berlèze. *Paris, Cousin*, 4 vol. in-fol, 300 pl. col.

En livraisons.

297. LEGRAND (Aug.). Le Dalhia, Histoire et culture dé-

taillée. *Paris*, 1843, in-12, br. — BERLÈSE. Monographie du genre camélias. *Paris*, 1848, in-8, br. fig.

298. LOISELEUR DESLONGCHAMPS. La Rose, son Histoire, sa culture, sa poésie. *Paris*, 1844, 1 vol. in-12, br. fig. en bois. — 40 Pièces in-8, sur l'horticulture et l'agriculture.

299. PLAUSON. Iconographie du genre œillet. *Paris*, 1842, 20 pl. in-fol. col.

300. RAGONOT-GODEFROY. La pensée, la violette, l'oreille-d'ours, la primevère; Histoire et Culture. *Paris*, 1844, in-12, br. fig. col.

301. REDOUTÉ. Les roses décrites et classées selon leur ordre naturel, par Thory. *Paris, F. Didot*, 1817-24, 3 vol. in-fol., demi-rel. mar. r. fig. noires et fig. coloriées.

302. REDOUTÉ (P.-J.). Choix des quarante plus belles fleurs tirées du grand ouvrage des liliacées, pour servir de modèle aux personnes qui se livrent au dessin ou à la peintures de fleurs. *Paris, Bossange*, 1824, gr. in-fol. cart.

E. ZOOLOGIE.

303. ARISTOTE. Histoire des animaux, trad. par Camus. *Paris*, 1783, 2 vol. in-4, veau éc. fil. (grec-français).

304. LAMARCK (J.-B-P.-A.). Philosophie zoologique, ou exposition des considérations relatives à l'histoire naturelle. *Paris*, 1809, 2 vol. in-8, demi-rel.

305. MIRBEL. Recherches anatomiques et physiologiques sur le marchantia polymorpha, pour servir à l'histoire du tissu cellulaire de l'épiderme et des stomates. 1833, in-4, 10 pl. col.

306. BELLONII (P.) Cenomani, de Aquatilibus libri II. *Paris.*, 1653, in-8, obl. fig. col.

307. CUVIER et VALENCIENNES. Histoire naturelle des poissons. *Paris*, 1828 à 1848, 21 vol. in-4 br. fig.

308. GÉRARDIN (Séb.). Tableau élémentaire d'ornithologie. *Paris*, 1806, 2 vol. in-8, demi-rel. bas. et atlas in-4 de 41 pl. aussi en demi-rel. — GILIBERT. Abrégé du système de la nature de Linné, histoire des mammaires. *Lyon*, 1802, 1 vol. in-8, demi-rel., bas. portr. 27 pl.

309. LASTEYRIE. Histoire naturelle des mammifères. *Paris*, 1819, 12 liv. in-fol. fig. col. en feuilles, le titre manque.

310. MOUTON-FONTENILLE. Traité élémentaire d'ornithologie. *Lyon*, 1811, in-8, demi-rel. 10 pl.—SAVIGNY (J.-C.). Histoire naturelle et mythologique de l'Ibis. *Paris*, 1805, in-8, demi-rel. 6 fig. noires et col. — BORY DE SAINT-VINCENT. Sur l'anthropologie de l'Afrique française. *Paris*, 1845, in-8 br. 19 p. 3 pl. col.

311. TEMMINCK (C.-J.) et MEIFREN-LAUGIER. Nouveau recueil de planches coloriées d'oiseaux, d'après les desseins de M. Huet. *Paris*, *Levrault*, 1820 et *an. s.* 1 vol. petit in-fol. fig. col. 98 liv.

312. BRARD. Histoire des coquilles terrestres et fluviatiles qui vivent aux environs de Paris. *Paris*, 1815, in-12, fig. coloriées.

313. MILLET (P.-A.). Mollusques terrestres et fluviatiles de Maine-et-Loire. *Angers*, 1813, in-12 br.

314. BREZ. La Flore des insectophiles, précédée d'un discours sur l'utilité des insectes. *Utrecht*, 1791, in-8, demi-rel. — WALCKENAER (C.-A.). Tableau des aranéïdes. *Paris*, 1805, in-8, demi-rel. fig.

315. BRONGNIART (Al.). Histoire naturelle des crustacés fossiles sous les rapports zoologiques et géologiques. *Paris*, 1822, in-8, br.

316. Description des atomes. *Paris*, *Crapelet*, 1813, in-8, demi-rel. 9 pl.

317. GEOFFROY. Traité sommaire des coquilles fluviatiles et terrestres des environs de Paris. *Paris*, 1767, in-12.

318. Histoire abrégée des insectes qui se trouvent aux environs de Paris. *Paris*, 1762, 2 vol. in-4, bas. fig.

319. HUBER (P.). Recherches sur les mœurs des fourmis indigènes. *Paris*, 1810, in-8, demi-rel. fig.

320. MONTFORT (Denys de). Conchyliologie systématique et classification méthodique des coquilles. *Paris*, 1808, 2 vol. in-8, demi-rel.

321. POIRET (J.-L.-M.). Coquilles fluviatiles et terrestres observées dans le département de l'Aisne et aux environs de Paris, 1801, in-12, demi-rel.

322. RATZEBURG (J.). Les hylophthires et leurs ennemis, ou description et iconographie des insectes les plus nuisibles

aux forêts, traduit de l'allemand, par Corberon. *Leipsig*, 1842, in-8, cart., fig. col.

323. VAUCHER (J.-P.). Histoire des conferves d'eau douce. *Genève*, 1803, in-4, demi-rel., fig.

F. AGRICULTURE.

1. *Traités généraux. — Mélanges.*

324. BEAUDRILLART. Traité général des eaux et forêts, chasses et pêches. — Recueil chronologique des règlements forestiers, 4 t. en 10 liv. br. — Dictionnaire général et historique des forêts, 2 t. en 5 livr. avec un atlas divisé en 3 livr. — Dictionnaire des pêches. *Paris*, 1833, 1 vol. ens. 6 vol. in-4.

325. BERTHEVIN. Essai sur l'agriculture dans ses rapports généraux avec les hommes, les lieux, les temps, les religions, les sciences et les arts. *Paris*, 1835, in-8, en liv.

326. Cours complet d'agriculture pratique, trad. de l'allemand par Louis Noirot. *Dijon*, 1838, in-4, br. fig.

327. Cours complet d'agriculture, ou Nouveau Dictionnaire d'agriculture, publié sous la direction de M. L. Vivien. *Paris*, 1834-1840, 17 t. en 18 vol. in-8, br. fig.

328. CRUD (E. V. B.). Économie de l'agriculture. *Paris*, 1820, in-4, br. L.A.S.

329. CRUD (E. V. B.). Économie théorique et pratique de l'agriculture. *Paris*, 1839, 2 vol. in-8, br.

330. DESORMEAUX. Tableaux de la vie rurale, ou l'Agriculture enseignée d'une manière dramatique. *Paris*, 1829, 3 vol. in-8, br.

331. DESPLACES. Histoire de l'agriculture ancienne, extraite de Pline. *Paris*, 1765, in-12, demi-rel.

332. GASPARIN (de). Guide du propriétaire des biens soumis au métayage, et culture de la garance, du safran et de l'olivier. *Paris*, 1836, in-8, 2 vol. br.

333. LOW (David). Éléments d'agriculture pratique, trad. de l'anglais par J. J. Lainé. *Paris*, 1838, 2 vol. in-8, br.

334. MARIVAULT (de). Précis de l'histoire générale de l'agriculture. *Paris*, 1837, in-8, br.

335. Nouveau cours complet d'agriculture théorique et pratique, ou Dictionnaire d'agriculture. *Paris*, 1809, 13 vol. in-8, demi-rel. 60 fig. en taille douce.

336. Nouveau cours complet d'agriculture théorique et pratique, ou Dictionnaire raisonné et universel d'agriculture, par les membres de la section d'agriculture de l'Institut. *Paris*, 1821, 16 vol. in-8, bas. fig.

337. ROYER. Traité théorique et pratique de comptabilité rurale. *Paris*, 1840, in-8, br.

338. ROZIER (l'abbé). Cours complet d'agriculture théorique et pratique. *Paris*, 1785, 12 vol. in-4, v. fig.

339. SABOUREUX DE LA BONNETRIE. Traduction d'anciens ouvrages latins relatifs à l'agriculture et à la médecine vétérinaire. *Paris*, 1771, 4 vol. in-8.

340. THAER (A.). Principes raisonnés d'agriculture, trad. par Crud. *Paris*, 1831, 4 vol. in-8, br. et atlas in-4.

341. VALCOURT (L. P. de). Mémoires sur l'agriculture, les instruments aratoires et l'économie rurale. *Paris, Huzard*, 1841, in-8, br. et atlas in-fol. obl. de 37 pl.

342. 100 Brochures in-8 sur l'agriculture, l'économie rurale et l'horticulture.

---

343. Agriculteur (l') praticien, ou Revue progressive d'agriculture, de jardinage, d'économie rurale et domestique. *Paris, Roret*, 14 vol. in-8.

Il manque quelques numéros.

344. Cultivateur (le), Journal de l'industrie agricole. *Paris*, 1829-1848, 21 vol. in-8 en livr. Les six premiers en demi-rel.

345. Revue agricole, bulletin spécial des associations agricoles. *Paris*, 1839 à 1847, 9 vol. in-8 en livr.

2. *Agriculture de différents pays. — Traités divers.*

346. Agriculture française, par MM. les inspecteurs de l'agriculture : Nord, 1 vol.; Isère, 1 vol.; Haute-Garonne, 1 vol.; Hautes-Pyrénées, 1 vol. *Impr. roy.*, 1843, ensemble 4 vol. in-8, br.

347. Annales de l'agriculture française, contenant des obser-

vations et des mémoires sur toutes les parties de l'agriculture. *Paris*, 1818-1835, 60 t. en 41 vol. in-8, demi-rel, — 1836 à 1851, 15 vol. in-8, en livr. L'année 1836 manque.

347 *bis*. Annales de l'Institut horticole de Fromont, dirigées par Soulange-Bodin. *Paris*, 1829-1834 inclus., en livr.

348. Annales des sciences physiques et naturelles, d'agriculture et d'industrie de Lyon. *Lyon*, 1838 à 1844, 7 vol. gr. in-8, fig. en livr. — Mémoires de la Société royale. Histoire naturelle et arts utiles de Lyon. 1828-1831, in-8, br. — Comptes-rendus des travaux de la Société d'agriculture de Lyon. 1807 à 1815, 2 vol. in-8, demi-rel. — An. 1818 et 1821 à 1834 inclus., 4 vol. in-8, br.

349. FRANÇOIS (de Neufchâteau). Voyages agronomiques dans la sénatorerie de Dijon. *Paris*, 1806, in-4, demi-rel. carte.

350. GOURCY (Conrad de). Relation d'une excursion agronomique en Angleterre, en Écosse, en Belgique et en France. *Lyon*, 1841, in-8, 5 vol. br.

351. JACQUEMIN (Em.). L'agriculture de l'Allemagne et les moyens d'améliorer celle de France. *Paris*, 1844, in-8, br. — L'Allemagne agricole, industrielle et politique, voyages faits en 1840, 1841 et 1842, in-8, br.

352. LECLERC-THOUIN (O.) L'Agriculture de l'ouest de la France, étudiée plus spécialement dans Maine-et-Loire. *Paris*, 1843, in-8, br. carte.

353. LULLIN DE CHATEAUVIEUX. Voyages agronomiques en France. *Paris*, 1843, 2 vol. in-8, br.

354. MATHIEU (H.). Voyage agricole dans les Vosges, en 1820. *Épinal*, 1821, in-8, demi-rel.

355. Mémoires d'agriculture, d'économie rurale et domestique, publiés par la Société d'agriculture de la Seine. *Paris*, 1801 à 1852, 59 vol. in-8. Les 42 premiers vol. sont brochés, les autres en livr.

356. MOLL (L.). Colonisation et agriculture de l'Algérie. *Paris*, 1845, 2 vol. in-8, br.

357. MOREAU DE JONNÈS. Statistique de l'agriculture de la France. *Paris*, 1848, in-8, br.

358. MOROGUES (Bigot de). Essai sur les moyens d'améliorer l'agriculture en France dans les provinces les moins riches, notamment en Sologne. *Paris*, 1822, 2 vol. in-8, demi-rel.

359. MORTEMART DE BOISSE. Voyage dans les landes de Gascogne. *Paris*, 1840, in-8, br. fig. — 24 Brochures in-8 et in-4, la plupart sur les landes de Gascogne et d'Arcachon.

360. PELLICOT (A.). Calendrier du cultivateur provençal. *Toulon*, 1846, in-12. — 6 pièces in-8 sur l'agriculture et la botanique.

361. PICTET (Ch.). Cours d'agriculture anglaise, avec les développements utiles aux agriculteurs du continent. *Genève*, 1808, 10 vol. in-8, demi-reliure, fig.

362. Système d'agriculture suivi par M. Coke sur sa propriété d'Holkman, en Angleterre. *Paris*, 1820, in-8, demi-reliure, 8 pl.

363. TROCHU (J.-L.). Création de la ferme et des bois de Bruté, sur un terrain de landes à Belle-Isle-en-Mer. *Paris*, 1846, 1 vol. in-8 br. et atlas in-4. — 8 pièces in-8 et in-4 sur les Fermes-Ecoles.

364. Société académique de Saint-Quentin, Mémoires et Annales agricoles, 1830 à 1839, 5 vol. in-8 br. livr. sép.

365. YVART (V.). Excursion agronomique en Auvergne. *Paris*, 1819, in-8, demi-reliure

—

366. LEBLANC. Recueil des machines, instruments et appareils qui servent à l'économie rurale, etc., publié avec les détails nécessaires à la construction. In-fol. oblong, 6 liv.

367. THAER (A.). Description des nouveaux instruments d'agriculture les plus utiles, traduit par M. Dombasle. *Paris*, 1821, in-4, demi-rel. 26 pl.

368. LUCY (Amb.). Essais sur l'agriculture pratique, sur les assolements et sur les baux à ferme. 1835, 2 vol. in-8, br.

369. THOUIN (A.). Cours de culture et de naturalisation des végétaux. *Paris*, 1827, 3 vol. in-8, demi-rel. v. et atlas in-4.

370. NADAULT DE BUFFON. Traité théorique et pratique des irrigations. *Paris*, 1843, 3 vol. in-8, br. et atlas de 36 pl. in-fol. col.

371. TOLLARD aîné. Traité des végétaux qui composent l'agriculture. *Paris*, 1838, 1 gros vol. in-12, br. — 3 vol. in-8, br. sur les maladies des céréales, par Loiseleur de Longchamp, Fr. Philippar, Darblay.

372. 20 pièces in-8 sur les grains, la betterave, les choux, le tabac, etc., in-8, demi-rel.

373. AUDOUIN (Victor). Histoire des insectes nuisibles à la vigne. *Paris*, 1840, 1 fort vol. in-4, en livr. 23 pl. col.

374. COSSONNET (A.). Pratique raisonnée de la taille des arbres fruitiers et de la vigne, avec 21 planches. *Paris*, 1849, grand in-8, br. fig. — 12 pièces sur la culture de la vigne.

375. ODARD (le comte). Ampélographie universelle, ou Traité des cépaces les plus estimées dans tous les vignobles. *Paris*, 1849, in-8, br. L. A. S.

3. *Arboriculture. — Horticulture.*

376. DUCHESNE (J.-B.). Guide de la culture des bois, ou Herbier forestier. *Paris*, 1826, in-8 br., et atlas grand in-fol.

377. DUHAMEL DU MONCEAU. De l'exploitation des bois ou moyen de tirer un parti avantageux des taillis, demi-futaies et hautes-futaies. *Paris*, 1764, 2 vol. in-4, v. fig.

378. DUHAMEL DU MONCEAU. Des semis et plantations des arbres, et de leur culture. *Paris*, 1760, in-4, v.

379. FAISEAU-LAVANNE. Recherches statistiques sur les forêts de la France. *Paris*, 1829, in-4, br. carte.

380. SALOMON (de). Traité de l'aménagement des forêts. *Paris*, 1837, 2 vol. in-8, br. et Atlas in-4.

381. 5 Mémoires sur la destruction des forêts et l'arboriculture. *Auxerre*, 1821, in-8, demi-rel. — 15 pièces in-4 et in-8 sur le reboisement, la sylviculture, etc.

---

382. AUDOT. Traité de la composition et de l'ornement des jardins. *Paris*, 1839, 2 vol. in-4 oblong, br. 161 pl. L. A. S.

383. LA QUINTINIE (de). Instruction pour les jardins fruitiers et potagers. *Paris*, 1715, 2 vol. in-4, v. fig.

384. NEUMANN. Art de construire et de gouverner les serres. *Paris*, 1844, in-4 oblong, 18 pl. L. A. S.

385. THOUIN (Gab.). Plans raisonnés de toutes les espèces de jardins. *Paris*, 1820, grand in-fol. 56 pl. col.

386. Annales de Flore et de Pomone, 1842 à 1845, 3 vol. gr. in-8 en livr. fig. col.

387. Annales de la Société d'horticulture de Paris, et Journal spécial de l'état et des progrès du jardinage. 1827-1835, 17 t. reliés en 9 vol. in-8, demi-rel. bas. fig. col. — 1836-1851 inclus. 16 vol. in-8, en livr. fig. col.

388. 75 brochures in-8, sur l'horticulture.

389. COUVERCHEL. Traité des fruits indigènes et exotiques, ou Dictionnaire carpologique. *Paris*, 1839, in-8, br.

390. DUHAMEL-DUMONCEAU. Traité des arbres fruitiers; nouvelle édition augmentée d'un grand nombre de fruits, par Poiteau et Turpin. *Paris, Levrault*, 1807-1836, 6 vol. grand in-fol. pap. vél. fig. col. en livr.

391. NOISETTE (L.). Le jardin fruitier, contenant l'histoire, la description, la culture et les usages des arbres fruitiers. *Paris*, 1821, 2 t. en 1 vol. in-4, v. 77 pl.

392. RISSO (A.) et A. POITEAU. Histoire naturelle des orangers. *Paris*, 1818, grand in-4, demi-rel. 109 fig. col.

393. SAGERET. Pomologie physiologique. *Paris*, 1830, gros in-8, br.

4. *Économie rurale.*

394. 40 pièces in-8, sur les laines, duvets, chèvres, moutons. — 20 pièces in-8, sur l'art vétérinaire et l'hippiatrique, les haras, etc.

395. Annales de la Société séricicole, fondée en 1837 pour l'amélioration de l'industrie de la soie en France, 15 vol. in-8, fig. avec un volume de table ; il manque le t. 14.

396. La cueillette de la soie, par la nourriture des vers qui la font, édition annot. par Bonafous. *Paris*, 1843, in-8, demi-rel. v.

397. JULIEN (Stanislas). Résumé des principaux traités chinois sur la culture des vers à soie. *Imprimerie royale*, 1837, in-8, br. 10 pl.

398. OUEKAKI-MORIKOUNI. L'art d'élever les vers à soie au Japon; traduit et publié par Bonafous et Hoffmann. *Paris*, 1848, 1 vol. in-4, cart. 50 pl.

399. Propagateur de l'industrie de la soie. *Rodez*, 1838 à 1844, 5 vol. in-8, en livr.

400. 60 pièces in-8, br., sur la sériciculture.

---

401. Rapport de la Commission crée par le roi de Sardaigne pour étudier le crétinisme. *Turin, Impr. roy.*, 1848, in-4, br. 9 pl.

V. Sciences mathématiques avec les applications

402. CHASLES. Histoire de l'arithmétique. In-4, br. 66 p.

403. BELIDOR. Architecture hydraulique, ou l'Art de conduire, d'élever et de ménager les eaux pour les différents besoins de la vie. *Paris*, 1737, 4 vol. in-4, v. pl.

404. BORGNIS (J.-A). Traités de mécanique. *Paris*, 1821-23, 11 vol, in-4, fig. v.

405. CHAMGARNIER (P.). Traités pratique et analytique de l'art de la meunerie. *Paris*, 1844, in-8, br.

406. CHRISTIAN. Traité de mécaniqueindustrielle, ou Exposé de la science de la mécanique déduite de l'expérience et de l'observation. *Paris*, 1822, 3 vol. in-4 et atlas, v.

407. JANVIER (Ant.). Recueil de machines. *Paris*, 1828, in-4, demi-rel. fig. L. A. S. — Des révolutions des corps célestes par le mécanisme des rouages. *Paris*, *Didot*, 1812, in-4, demi-rel. 8 pl.

408. LASTEYRIE (le comte de). Collection de machines, d'instruments, ustensiles, constructions, etc., employés dans l'économie rurale et industrielle. *Paris*, 1820, 2 t. en 1 vol. in-4, bas. fig.

409. PRONY (R.). Nouvelle architecture hydraulique, contenant l'art d'élever l'eau et de l'appliquer de diverses manières aux besoins de la société.— Machines à feu. *Paris*, 1790, 2 vol. in-4, br. nombr. planches.

410. RAVINET (Th.). Dictionnaire hydrographique de la France. *Paris*, 1824, 2 t. en 1 vol. in-8, fig. demi-rel.

411. RÉGNAULT (V.). Relation des expériences de la Commission centrale de machines à vapeur. *Paris*, 1847, in-4, br., et atlas gr. in-fol.

412. VIOLLET (J.-B.). Journal des Usines. *Paris*, juin 1841 à juillet 1847, t. 1 à 6, in-8.
En livraisons.

413. DEGOUSÉE (J.). Guide du sondeur, ou traité théorique et pratique des sondages. *Paris*, 1847, 2 vol. in-8, dont un atlas.

414. GARNIER (F.). De l'art du fontenier sondeur et des puits artésieus. *Paris*, 1822, in-4, mar. r. fil. tr. d. orn. 19 pl.

415. GARNIER (F.). Traité sur les puits artésiens, ou sur les différentes espèces de terrains dans lesquelles on doit rechercher les eaux souterraines. *Paris*, 1826, in-4, v. fil. 25 pl.

416. HÉRICART DE THURY. Considérations géologiques et physiques sur les causes du jaillissement des eaux des puits forés. *Paris*, 1829, 1 vol. in-8, fig. col. v. viol. fil.

417. VIOLLET (J.-B.). Théorie des puits artésiens. *Paris*, 1840, in-8, v. f. fil. fig. L. A. S.

418. 16 Pièces in-8, dont une en allemand et une en anglais, sur les pui ts forés.

---

419. Annuaire du bureau des longitudes. Années 1801, 1803, 1808 à 1815, 1818 à 1852, ens. 45 vol. in-18, rel. et brochés.

420. BAILLY. Histoire de l'astronomie ancienne, depuis son origine jusqu'à l'établissement de l'école d'Alexandre. *Paris*, 1775, in-4, v. 3 pl. — Histoire de l'astronomie moderne, depuis la fondation de l'école d'Alexandre, jusqu'en 1730, *Paris*, 1785, 4 vol. in-4, v.

421. LAPLACE. Exposition du système du monde. *Paris*, 1808, in-4, portr., demi-rel.

422. AZUNI (D.-A.). Dissertation sur l'origine de la boussole. *Paris*, 1805, in-8, demi-rel. fig.

422 *bis*. Annuaire météorologique de France pour 1849, gr. in-8. — FRESNEL. Mémoire sur un nouveau système d'éclairage des phares. *Imp. roy.*, 1622, in-4, br. 42 pag., 3 pl.

423. FOSSÉ. Idée d'un militaire pour la disposition des troupes confiées aux jeunes officiers dans la défense et l'attaque des petits postes. *Paris*, 1783, in-4, cart. non rog. 11 pl. col.

424. GAY DE VERNON. Traité élémentaire d'art militaire et de fortification, à l'usage des élèves de l'Ecole Polytechnique. *Paris*, 1805, 2 vol. in-4, pl.

425. Mémorial de l'artillerie, ou Recueil de mémoires, expériences, observations, procédés, relatifs à l'artillerie. *Paris*, 1828, 1830, t. 2 et 3, in-8, et atlas in-4 oblong.

426. THYBOURET et J. APPIER. Recueil de plusieurs machines militaires et feux artificiels pour la guerre et Récréation, avec l'alphabet de Trithemius par laquelle chacun qui sait escrire peut promptement composer congruement en latin. *Au Pont-à-Mousson*, 1620, in-4, fig. en bois vél., fatig.

427. ANSELIN (N.-J.-B.). Expériences sur la main-d'œuvre de différents travaux des ponts-et-chaussées et des bâtiments civils. *Boulogne*, 1810, in-4, demi-rel. bas. 4 pl.

428. BÉRARD (J.-B.). Statique des voûtes. *Paris*, 1810, in-4, demi-rel. pl.

429. BOURDALOUE. Nouvelle notice sur les nivellements. *Paris*, 1847, in-8, br. 11 pl.

430. CHEVALIER (Michel). Histoire et description des voies de communication aux Etats-Unis. *Paris*, 1840, 2 vol. in-4, br. et atlas gr. in-fol.

431. COUDERC, ing. Essai sur l'administration et le corps royal des ponts-et-chaussées depuis leur origine jusqu'à nos jours. *Paris*, 1829, in-8, br.

432. DUTENS (J.). Mémoires sur les travaux publics d'Angleterre. *Impr. roy.*, 1819, in-4, cart. non rog. 16 pl.

433. GARNIER. Traité des chemins de toutes espèces. *Paris*, 1824, in-8, demi-rel.

434. HACHETTE. Correspondance sur l'Ecole Polytechnique, 1814-15-16. *Paris*, 1816, in-8.

435. MAYNIEL. Traité expérimental, analytique et pratique de la poussée des terres et des murs de revêtement. *Paris*, 1808, grand in-4, pl.

---

436. ANDREOSSY. Histoire du canal du Midi, ou canal du Languedoc. *Paris*. 1804, 2 vol. in-4, demi-rel. 29 pl.

437. FLACHAT (Stép.). Histoire des travaux et de l'aménagement des eaux du canal Calédonien, *Paris, Didot*, 1828, in-4, br. et atlas grand in-fol. obl.

438. HUERNE DE POMMEUSE. Des canaux navigables. *Paris*, 1822, t. 2, in-4, avec 1 vol. de planches.

439. MARESTIER. Mémoire sur les bateaux à vapeur des États-Unis d'Amérique, avec un appendice sur diverses machines relatives à la marine. *Impr. roy.*, 1824, in-4, et atlas in-fol., de 17 pl. demi-rel.

440. NAVIER. Ponts suspendus. Atlas grand in-4, 1823, demi-rel.

441. PÉRONNET. Mémoire sur la recherche des moyens à employer pour construire de grandes arches de pierre de 200, 300, 400 et jusqu'à 500 pieds d'ouverture. *Impr. nat.*, 1793, in-4.

VI. Sciences occultes.

442. MOLITOR (Ulricus). Tractatus de lamiis et pythonicis. *Paris.* 1561, pet. in-12, demi-rel. 80 p.

443. PLACET (F.), prémontré. La superstition du temps, reconnue avec talismans, figures astrales et statues fatales, contre le livre intitulé : les Talismans justifiez, avec la poudre de sympathie, soupçonnée de magie. *Paris*, 1667, in-12, veau.

444 Prophéties perpétuelles, très-anciennes et très-certaines de Th. Joseph Moult. (Réimpr. vers 1800.) In-8, br. 66 p.

445. ROUSSAT (R.), chanoine de Langres. Livre de l'estat et mutation des temps, prouvant par les autoritez de l'Escripture saincte et par raisons astrologales la fin du monde estre prochaine. *Lyon*, 1550, pet. in-8, cart.

VII. Beaux-Arts.

A. INTRODUCTION. — DESSIN. — PEINTURE.

446. Exposition des tableaux des peintres vivants, de 1798 à 1839. 27 vol. in-18 et in-12. br.

447. KÉRATRY. Du beau dans les arts d'imitation. *Paris*, 1822, 2 t. en 1 vol. in-12, fig.

448. LABORDE (de). Notice des émaux exposés dans les galeries du Musée du Louvre (histoire et descriptions). *Paris*, 1852, gr. in-8, br.

449. LANDON. Précis historique des productions des arts, peinture, sculpture, architecture et gravure, et Annales du Musée et de l'École des Beaux-Arts. *Paris*, 1801, 6 vol. in-8, demi-rel. v. f. fig.

450. Notice des principaux tableaux recueillis dans la Lombardie et en Italie par les commissaires du gouvernement français. 1797, 1798, 1799, 3 livr. in-12, br.

451. QUATREMÈRE DE QUINCY. Essai sur la nature, le but et les moyens de l'imitation dans les Beaux-Arts. *Paris*, 1833, in-8, veau.

452. WINKELMANN. Histoire de l'art chez les Anciens, trad. de l'allemand. *Paris*, 1794, 3 vol. in-4, v. fig.

---

453. CLOQUET (J.-B.). Nouveau traité élémentaire de perspective à l'usage des artistes et des personnes qui s'occupent de dessin. *Paris*, 1823, in-4, en livr. et atlas de 84 pl. dont plusieurs coloriées.

454. Della pittura Veneziana e delle opere publiche de' Veneziani maestri libri V. *Venezia*, 1771, pet. in-4, br.

455. DESEINE. Notices historiques sur les anciennes Académies royales de peinture, sculpture de Paris, et celle d'architecture. 1814, in-8, demi-rel.

456. FARCY (C.). Résumé et application des principes élémentaires de la perspective. *Paris*, 1826, in-4 oblong.

457. FRAGONARD. Album de 12 pl. in-fol. lithographiées.

458. GÉRARD. Recueil de têtes d'études tirées du tableau de l'entrée de Henri IV dans Paris. *Paris*, gr. in-fol. 10 pl.

459. GILPIN (W.). Essais sur le beau pittoresque, sur les voyages pittoresques et sur l'art d'esquisser les paysages. *Breslau*, 1779, 1 vol. — Essai sur les gravures. 1800, 1 vol. — Observations pittoresques sur le pays de Galles. 1800. — Observations pittoresques sur différentes parties de l'Angleterre. *Breslau*, 1799, 1801, 2 vol., ens. 5 vol. in-8, demi-rel. bas. fig.

460. MÉRIMÉE. De la peinture à l'huile. *Paris*, 1830. in-8, br. Envoi d'auteur signé.

461. MICHIELS (Alfred). Études sur l'Allemagne, renfermant une histoire de la peinture allemande. *Paris*, 1840, 2 vol. in-8, br.

462. RAOUL-ROCHETTE. Peintures antiques inédites, précédées de recherches sur l'emploi de la peinture dans la décoration des édifices sacrés et publics chez les Grecs et chez les Romains. *Paris*, *Techener*, 1836, gr. in-4, 15 pl. col.

463. THIBAULT (J.-T.). Application de la perspective linéaire aux arts du dessin. *Paris*, 1827, in-fol. demi-rel. mar. r. 53 pl.

B. ARCHITECTURE.

1. *Introduction. — Traités élémentaires. — Mélanges.*

464. BRUYÈRE (L.). Études relatives à l'art des constructions. *Paris*, 1823, 2 vol. gr. in-fol. demi-rel. 184 pl.

465. COUSSIN (J.-A.). Du génie de l'Architecture, ouvrage ayant pour but de rendre cet art accessible au sentiment commun, etc. *Paris*, 1822, in-4, cart. 60 pl.

466. DURAND (J.-N.-L.). Précis des Leçons d'architecture données à l'École royale polytechnique. *Paris*, 1813-1817, 2 t. en 1 vol. in-4, v. 64 pl.

467. Essais of the London architectural Society. *London*, 1808-1810, 2 vol. in-8, cart. 8 fig.

468. L'ÉVEILLÉ (C.-Stan.), ing. Études d'ombres, à l'usage des écoles d'architecture. *Paris*, 1812, in-4, br. 46 p. 15 pl.

469. MIDDLETON (Ch.). The architect and builder's miscellany, containing original picturesque desings in architecture. *London*, 1812, in-8, v. 60 pl. col.

470. Projets d'architecture et autres productions de cet art qui ont mérité les grands prix accordés par l'Académie et l'Institut national de France. *Paris*, 1806, 2 part. in-fol. demi-rel.

471. PERCIER et FONTAINE. Recueil de décorations intérieures, comprenant tout ce qui a rapport à l'ameublement, etc. 7 liv. in-fol. grav. au trait.

472. Recueil des dessins d'ornements d'architecture de la manufacture de J. Beunat, à Sarrebourg et à Paris. In-4, cart. 86 pl.

473. Recueil des dessins de l'établissement de sculpture en tout genre de M. Romagnesi. 83 pl. in-fol.

474. Recueil d'ornements, de Lombard, sculpteur. 70 pl. gr. in-fol.

475. ROLAND DE VIRLOYS. Dictionnaire d'architecture civile, militaire et navale. *Paris*, 1770, 3 vol. in-4, v. éc. fil.

476. SGANZIN (J.). Programme, ou Résumé des leçons d'un

cours de construction. *Paris*, 1821, in-4, demi-rel. 9 p. L. A. S.

2. *Architectes anciens et modernes.*

477. Bibliothèque portative d'architecture à l'usage des artistes. — Règles des cinq ordres, par Vignole. — Architecture de Palladio, contenant les cinq ordres, suivant cet auteur. — Œuvres d'architecture de Vincent-Scamozzi. — Parallèle de l'architecture ancienne avec la moderne. 1764, ens. 4 vol. in-8, v. fig.

478. DURAND (J.-L.). Recueil et parallèle des édifices de tout genre, anciens et modernes remarquables par leur beauté, avec un texte, par Legrand. *Paris*, 1801, in-fol. max.

En livraisons.

479. FÉLIBIEN. Des principes de l'architecture, de la sculpture, de la peinture et des autres arts qui en dépendent. *Paris*, 1690, in-4, veau.

480. LABACCO (Anton.). Libro appartenente à l'architectura. Antiquita di Roma, 17 pl. in-fol. fatigué.

481. NORMAND (Ch.) architecte. Nouveau parallèle des ordres d'architecture des Grecs, des Romains et des auteurs modernes. *Paris*, 1825, grand in-fol. cart. 63 pl.

482. NORMAND (Ch.). Le Vignole des ouvriers, ou Méthode facile pour tracer les cinq ordres d'architecture. *Paris*, 1821, in-4, br. 34 pl.

483. PALLADIO. Les bâtiments et les dessins de Palladio recueillis et illustrés par Scamozzi, en italien et en français. *Vienne*, 1776-83, 4 vol. grand in-fol. fig.

En livraisons.

484. PALLADIO (André). Œuvres complètes, nouvelle édition contenant les quatre livres avec les planches du grand ouvrage de Scamozzi, le tout rectifié et complété par Chapuy et Beugnot. *Paris*, *Corréard*, 1825, in-fol.

En livraisons.

485. POLENI (J.) exercitationes Vitruvianæ, hoc est commentarius de Vitruvii X libris necnon de eorum editoribus. *Patavii*, 1739, grand in-4, cart. fig.

486. RONDELET (J.). Traité théorique et pratique de l'art de bâtir. *Paris*, 1812, 5 vol. in-4, demi-rel. pl.

487. SCAMOZZI (V.). Œuvres d'architecture, trad. par d'Aviler, enrichies de plusieurs dessins des plus beaux édifices de Rome. *Leyde*, 1713, in-fol. v. nomb. fig.

488. VIEL (Ch.-Fr.). Principes de l'ordonnance et de la construction des bâtiments. *Paris*, 1797-1812, 4 t. en 2 vol. in-4 et Atlas, demi-rel. bas.

489. VIEL (Ch.-Fr.). Principes de l'ordonnance et de la construction des bâtiments. *Paris*, 1797, 6 vol. in-4, v. fil.

490. VIEL DE SAINT-MAUR. Lettres sur l'architecture des anciens et celle des modernes. *Paris*, 1787, in-8, demi-rel.

491. VIGNOLE (J.-B.). Règle des cinq ordres d'architecture. *Amst.*, *Dancker*, 42 pl.

492. VIGNOLE (J.-Bar. de). Règles des cinq ordres d'architecture. *Amst.*, *Blaeu*, 1640, in-fol. demi-rel. 32 pl.; en italien, en hollandais, en français et en allemand.

493. VITRUVII de architectura libri X, cum notis et additionibus variorum. *Amst.*, *Elzevir*, 1649, in-fol. bas. fig.

494. VITRUVE (Marc). Architecture ou Art de bien bastir, mis de latin en françoys, par Jan Martin. *Paris*, *de Marnef*, 1572, in-fol. vél. fig. en bois.

495. VITRUVII Pollionis, de architectura libri X, *Lugd.*, 1552, in-4, demi-rel. fig.

496. VITRUVE. Les dix livres d'architecture, trad. par Perrault. *Paris*, 1684, in-fol. v. 65 fig.

3. *Traités spéciaux sur différentes parties de l'architecture* (1).

497. Architecture rurale théorique et pratique à l'usage des propriétaires et des ouvriers de la campagne. *Toulouse*, 1820, in-8, demi-rel. 11 pl.

498. BALTARD. Architectonographie des prisons, ou Parallèle des systèmes de distribution dont les prisons sont susceptibles. *Paris*, 1829, in-fol. cart. 37 pl.

499. COINTEREAUX (Fr.). École d'architecture rurale. *Paris*, 1790-92, 5 liv. in-4, cart. pl.

500. DUBUT (L.-A.), architecte. Architecture civile, maisons

(1) Les monuments d'architecture locale se trouveront à l'histoire des pays qu'ils intéressent.

de ville et de campagne de toutes formes et de tous genres. *Paris*, 1803, in-fol. max. demi-rel.

501. DUMONT. Parallèle des plans des plus belles salles de spectacles d'Italie et de France, avec des détails de machines théâtrales. *Paris*, 1780, grand in-fol. 54 pl.

502. GROBERT (J.-F.-L.). Description des travaux exécutés pour le déplacement des groupes de Coustou. *Paris*, 1796, in-fol. oblong, 9 pl.

503. LE ROY. Histoire de la disposition et des formes différentes que les chrétiens ont données à leur temples. *Paris*, 1764, in-8, demi-rel.

504. LUSSON (A.-L.). Specimen d'architecture gothique ou plans, coupes, élévations de la chapelle du château de Neuville. *Paris*, 1839, in-fol. cart. 17 pl.

505. MOREL-VINDÉ. Essai sur les constructions rurales économiques. *Paris*, 1824, in-fol. cart. pl.

506. PERTUIS. Mémoire sur l'art de perfectionner les constructions rurales. *Paris*, 1805, in-4, demi-rel. 7 pl.

507. RAYMOND (J.-A.). Projet d'un arc de triomphe. *Paris*, 1812, grand in-fol. demi-rel. 6 pl.

508. ROUBO, maître menuisier. Traité de la construction des théâtres et des machines théâtrales. *Paris*, 1777, in-fol. pl.

509. WRIGHTE (W.), architect. Grotesque architecture, or rural amusement, consisting of plans, elevations, and sections, for huts, retreats, etc., etc. *London*, 1815, in-8, br. 28 pl.

510. WOOD. A series of plans for cottages or habitations of the labourer, etc. *London*, 1806, in-fol. cart. 28 pl.

4. *Coupe des pierres, mortiers, ciments, charpente.*

511. DELAPERRELLE (J.-F.-H.). Traité pratique de la coupe des pierres, ou Art particulier du trait, pour la construction des voûtes en général et autres parties de bâtiment, à la portée des ouvriers. *Paris*, 1830, 2 vol. in-4, cart. fig.

512. Description de la machine à éprouver la résistance des pierres, présentée par Rondelet, architecte, à l'Académie d'architecture. 1785, in-fol., demi-rel. mss.

513. DOULIOT (J.-P.). Cours élémentaire, théorique et

pratique de construction-charpente en bois. *Paris*, 1828, in-4, br. et atlas.

514. DOULIOT (J.-P.), professeur d'architecture. Traité spécial de coupe des pierres. *Paris*, 1825, 1 tom. en 2 vol. in-4, fig. br.

515. ECK. Applications des globes ou pots creux à l'art de bâtir les planchers, cloisons, etc. *Paris*, 1831, in-8, fig. br.

516. EMY (A.-R.), col. du génie. Description d'un nouveau système d'arcs pour les grandes charpentes, etc. *Paris*, *Carillan-Gœury*, 1828, grand in-fol., demi-rel.

517. FLEURET. L'Art de composer des pierres factices aussi dures que le caillou, et Recherches sur la manière de bâtir des anciens. *Pont-à-Mousson*, 1807, in-4, demi-rel., 32 pl.

518. HASSENFRATZ. Traité théorique et pratique de l'art de calciner la pierre calcaire et de fabriquer toutes sortes de mortiers. *Paris*, 1825, in-4, br. portr. 11 pl.

519. KRAFFT (J.-C.), architecte. Traité sur l'art de la charpente théorique et pratique, en français, en allemand et en anglais. *Paris*, *Didot*, 1819-22, 6 parties, in-fol. br.

520. FAUJAS DE SAINT-FOND. Recherches sur la pouzzolane et sur la théorie de la chaux. *Paris*, 1778, in-8, demi-reliure. — LA FAYE (de). Recherches sur la préparation que les Romains donnaient à la chaux. *Paris*, 1777, in-8, demi-rel. v. — DE LAPERRELLE. Traité pratique de la coupe des pierres. *Paris*, 1829, in-4, br. 18 pl.

521. VICAT (L.-J.). Nouvelles études sur les pouzzolanes artificielles comparées à la pouzzolane d'Italie. *Paris*, 1846, in-4, br. fig. 140 p.

VIII. Arts mécaniques et Métiers.

1. TRAITÉS GÉNÉRAUX.

522. Annales des arts et manufactures ou Mémoires technologiques sur les découvertes modernes, concernant les arts, les manufactures, l'agriculture et le commerce. *Paris*, 1799-1815, 56 vol. in-8. — Même ouvrage, 2e collection de juillet 1815 à septembre 1817, 5 vol. in-8, ens. 61 vol. in-8, demi-rel. bas. fig.

523. BEDOS DE CELLES, bénéd. Art du facteur d'orgues. *Paris*, 1766, in-fol., demi-rel. fig.

524. BOTTÉE et RIFFAULT. Traité de l'art de fabriquer la poudre à canon. *Paris*, 1811, in-4, cart. non rog., et atlas in-fol. oblong de 39 pl.

525. CHAPTAL (le comte). De l'Industrie française. *Paris*, 1819, 2 t. en 1 vol. in-8, demi-rel.

526. Descriptions des arts et métiers faites ou approuvées par l'Académie des sciences. *Neuchatel*, 1771-1783, 19 vol. in-4, bas, fil. fig.

527. Description des machines et procédés consignés dans les brevets d'invention, de perfectionnement et d'importation dont la durée est expirée. *Paris*, 1849-52, t. 66 à 77 in-4, br. nombr. pl.

528. Description des machines et procédés pour lesquels des brevets d'invention ont été pris sous le régime de la loi du 5 juillet, 1844. *Impr. nat.*, 1850-1852, in-4, br. nombr. pl.

529. Dictionnaire de l'industrie, ou Collection raisonnée des procédés utiles dans les sciences et dans les arts. *Paris*, 1801, 6 vol. in-8, demi-rel. fig.

530. Dictionnaire chronologique et raisonné des découvertes, inventions, perfectionnements et importations en France de 1789 à la fin de 1820. *Paris*, 1822-1824, 17 vol. in-8, basane.

531. Dictionnaire technologique, ou Nouveau Dictionnaire universel des arts et métiers, par une Société de savants et et d'artistes. *Paris*, 1822-1825, 22 vol. in-8, br., et atlas in-4.

532. DUTENS. Origine des découvertes attribuées aux modernes. *Paris*, 1776, 2 vol. in-8, v.

533. LENORMAND et MOLÉON. Annales de l'industrie nationale et étrangère, ou Mercure technologique. *Paris*, 1823, 12 tom. en 8 vol. in-8, demi-rel. fig.

B. FONDERIE ET VERRERIE.

534. ECK (Ch.-L.-G.) Traité de la construction des poteries en fer. *Paris*, 1836, grand in-fol. cartonné, 66 pl.

535. GALON. L'art de convertir le cuivre rouge en laiton. 1764, 17 pl. — RÉAUMUR. L'art de l'épinglier. In-fol. 7 pl. demi-rel. bas.

536. HAUDICQUIER DE BLANCOURT. L'Art de la verrerie. *Paris*, 1718, 2 vol. in-12, bas.

537. LOYSEL. Essai sur l'art de la verrerie. *Paris*, 1800, in-8, demi-rel.

538. NERI, MERRET et KUNCKEL. Art de la verrerie, trad. de l'allemand. *Paris*, 1752, in-4, v. fig.

C. INDUSTRIE MANUFACTURIÈRE. — MÉTIERS DIVERS.

539. ARMONVILLE (J.-B.). La Clef de l'industrie et des sciences qui se rattachent aux arts industriels. *Paris*, 1825, 3 vol. in-8, br.

540. Bulletin de la Société d'encouragement pour l'industrie nationale. *Paris*, 1802 à 1835 inclus. 20 vol. in-4, fig. — Notice et table des 17 premières années, in-4, 1818; ens. 21 vol. in-4, demi-rel. bas.; les années 1836 à 1853 sont en livr.; ensemble 41 vol. in-4.

541. Bulletin universel des sciences et de l'industrie. Continuation du Bulletin général et universel des annonces et des nouvelles scientifiques, publié sous la direction de M. le baron de Férussac. Années 1824, 1825, 1827, 1828, 1829 et 1830; ensemble 74 vol. in-8, br. et en livr.

542. CHAPTAL. L'art de la teinture du coton en rouge. *Paris*, 1807, 1 vol. in-8, bas. 4 pl.

543. CHEVALLIER. Essai sur l'art de l'ingénieur en instruments de physique expérimentale en verre. *Paris*, 1819, in-8, br. 15 pl.

544. CHRISTOFLE (Ch.). Histoire de la dorure et de l'argenture électro-chimiques. *Paris*, 1851, in-8, br.

545. DUHAMEL DU MONCEAU. Art de la draperie. 1765.— Art de friser les étoffes de laine. — Art de faire les tapis de Turquie. 1766, in-fol., demi-rel. pl. —Art du cirier, 1762, in-fol., br. pl. — Art du charbonnier, ou Manière de faire le charbon de bois. 1 pl.

546. FOURCROY DE RAMECOURT. Art du chaufournier. In-

fol., 15 pl. — MILLY. L'Art de la porcelaine. 1771, 8 pl. ensemble 1 vol. in-fol., demi-rel. bas.

547. FOUGEROUX de BONDAROY. Art de tirer des carrières la pierre d'ardoise, de la fendre et de la tailler. In-fol. br. — GARSAULT (de). Art du paumier-raquetier, et de la paume. 1767, in-fol. br. pl.

548. LA LANDE. Art du tanneur.—Art de l'hongroyeur.—Art du corroyeur.—Art du chamoiseur.—Art du mégissier.—Art de faire le parchemin.—Art de faire le maroquin.—Art de travailler les cuirs dorés et argentés. 1762, in-fol. rel. pl.

549. LA LANDE. Art de faire le papier. — Art du cartonnier. 1762, in-fol. demi-rel. bas. pl.

550. MACQUER. Art de la teinture en soie. 1763, in-fol. br. pl.— NOLLET (l'abbé). L'art de faire les chapeaux. 1765.— GARSAULT. Art du perruquier. 1767. — Art du cordonnier. 1767, in-fol. demi-rel. pl.

551. PERPIQUA, ROBINET, RENETTE et Cie. Répertoire de l'industrie étrangère. *Paris*, 1838-1839, 12 liv. gr. in-fol. obl. belles gravures.

552. REY (J.). Études pour servir à l'histoire des châles. *Paris*, 1823, 1 vol. in-8, demi-rel. bas.

553. ROBERT (J.-B.-A.-H.), horloger. L'Art de connaître les pendules et les montres. *Paris*, 1841, in-12, v. fil. tr. d.

554. BERTIN. Système universel et complet de sténographie. *Paris*, in-8, demi-rel. bas. — DIDOT. Essai sur la typographie. *Paris*, 1851, in-8, br. fig.

D. EXPOSITIONS DE L'INDUSTRIE.

555. BLANQUI (Ad.). Histoire de l'exposition des produits de l'industrie française en 1827. *Paris*, 1827, in-8, br.

556. Exhibition of the works of Industry of all nations, 1851. Reports by the juries on the subjects in the thirty classes into which the exhibition was divided. *London*. 1852, gr. in-8, à 2 colonn. rel. angl. tr. d.

557. HÉRON DE VILLEFOSSE. Rapport fait au jury central de l'exposition de 1827 sur les objets relatifs à la métallurgie. *Paris*, 1827, in-8, br.

558. 20 vol. in-8. Rapports des jurés de l'Exposition de l'industrie française, de 1805 à 1851. 25 vol. in-8, br.

559. 40 brochures in-8, sur l'industrie et les différentes expositions de l'industrie. — 10 pièces sur l'exposition de Londres.

IX. Jeu. — Chasse.

560. DUSAULX. De la passion du jeu, depuis les temps anciens jusqu'à nos jours. *Paris*, 1779, 2 tom. en 1 vol. in-8, v.

561. DU FOUILLOUX (J.). La vénerie, dédiée au roy, de nouveau revue et augmentée du Miroir de fauconnerie. *Paris*, 1634, in-4, fig. en bois, parch.

BELLES-LETTRES.

I. Linguistique. — Éloquence.

562. ALLOU. Essai sur l'universalité de la langue française, ses causes, ses effets et les motifs qui pourront contribuer à la rendre durable. *Paris*, 1828, in-8, br.

563. Bibliothèque des enfants, ou les Premiers éléments des lettres, etc. *Paris*, 1733, 4 tom. en 1 vol. in-4, v.

564. BOUHOURS. Remarques nouvelles sur la langue française. *Paris*, 1692, 2 vol. in-12, v.

565. HEYM (J.). Dictionnaire russe-français-allemand, français-russe-allemand, et allemand-russe-français. *Riga*, 1805, 4 vol. in-16, br.

566. DU PONCEAU (P.-Ét.). Mémoire sur le système grammatical des langues de quelques nations indiennes de l'Amérique du nord. *Paris*, 1838, in-8, br.

567. MAUDRU. Éléments raisonnés de la langue russe. *Paris*, an X, 2 vol. in-8, br.

568. SAVARY. Grammaire de la langue arabe vulgaire et littérale. *Paris*, *Impr. impér.*, 1813, in-4, bas.

569. GUIGNES (de). Dictionnaire chinois, français et latin. *Paris*, *Impr. impér.*, 1813, in-fol. pap. vél. br.

570. Refranes... proverbes espagnols, trad. en français par César Oudin. *Paris*, 1659, petit in-12, parch.

571. FOX et PITT. Recueil de discours prononcés au parlement d'Angleterre, traduit par MM. de Jussieu. *Paris*, 1819, 12 vol. in-8, demi-rel.

II. Poëtes grecs et latins.

572. APOLLONIUS DE RHODES. Expédition des Argonautes ou Conquête de la Toison d'Or, traduit par J.-J.-A. Caussin. *Paris*, 1797, in-8, v.

573. ÉSOPE, PHÈDRE et LAFONTAINE, traduits ou annotés par Gail. *Paris*, 1796, 5 vol. in-8, bas.

574. HOMÈRE. L'Iliade avec la suite d'icelle, ensemble le ravissement d'Hélène, le tout de la traduction du sieur Du Souhait. *Paris*, 1634, petit in-8, vélin, titre gravé.

575. CÉVA (Th.), jésuite. Jésus enfant, poëme traduit du latin en français, par M. de La Tour. *Paris*, 1843, in-8, portr.

576. CLAUDIANI (Cl.) quæ exstant opera. *Amst.*, *Elzev.*, 1650, petit in-12, v.

577. HORATII (Fl.) Opera, cum annotationibus Desprez, ad usum Delphini. *Hagæ-Com.*, 1708, in-8, v.

578. JUVENALIS satirarum libri. *Paris.*, *Barbou*, 1754, in-12, mar. bleu, fil. tr. dor.

579. MALFILATRE. Le génie de Virgile. *Paris*, 1810, 4 vol. in-8, demi-rel.

580. OVIDE. Les Métamorphoses, de nouveau traduites en français et enrichies de figures chacune selon son sujet, avec quinze discours contenant l'explication morale des fables. *Paris*, 1622, in-fol. v.

Exemplaire endommagé.

581. Ovide (l') bouffon, ou les Métamorphoses burlesques, livre II et IV. *Paris*, 1651, 2 vol. in-4, vélin.

582. VIDA. La Christiade, poëme épique, traduit par Soucquet de La Tour, lat. franç. *Paris*, 1824, in-8, br. — VIDA

Le ver à soie. traduit en vers français, par M. Bonafous. *Paris*, 1844, in-8, demi-rel. v.

583. VIRGILE. L'Énéide, traduit par Ant. Tournay. *Paris*, 1647, in-4, vélin.

III. Poésie française.

584. BELLEAU (Remy). Œuvres, poétiques. *Paris*, *Mamert-Patisson*, 1678, 3 t. en 1 vol. pet. in-12.
Lég. mouill. Titre du tome Ier endommagé.

585. BOILEAU. Œuvres diverses, avec le Traité du sublime. *Paris*, *Den. Thierry*, 1674, in-4, fig.
Première édition des œuvres.

586. CHAPELAIN. La Pucelle, ou la France délivrée. *Paris*, 1657, in-12, v. fig.

587. CORNEILLE (P.). Les Victoires du roy sur les États de Hollande. *Paris*, 1672, in-12, br. 24 p.

588. Le Débat de deux demoyselles, l'une nommée la Noyre et l'autre la Tannée, suivi de la Vie de saint Hareng. *Paris*, *Didot*, 1825, in-8, br.

589. DELAMARRE. Étrennes à mes Amis. *Paris*, 1824, in-8, mar. bl. fil. dent. L. A. S. (avec armoiries).

590. DELILLE (J.). Œuvres. *Paris*, *Michaud*, 1803-1811, 18 vol. in-18, v. f. fil.

591. DIDOT (Firmin). Poésies, suivies d'observations littéraires et typographiques sur Robert et Henri Estienne. *Paris*, 1834, in-8, br.

592. LA FONTAINE. Œuvres, nouvelle édit. revue, mise en ordre et annotée par Walckenaer. *Paris*, *Lefèvre*, 1827, 6 vol. in-8, pap. vél. br. 21 fig.

593. LA FONTAINE. Œuvres posthumes. *Paris*, 1696, in-12, veau.

594. MALHERBES. Poésies, rangées par ordre chronologique. *Paris*, *Barbou*, 1757, in-8, v. fil. portr.

595. MALHERBES. Poésies, suivies d'un choix de ses lettres. *Paris*, *Blaise*, 1822, in-8, br. pap. vél.

596. ORLÉANS (Charles d'), père de Louis XII. Poésies. *Grenoble*, 1803, in-12, demi-rel.

597. RACINE. La Religion, poëme, suivi de la Grâce. *Paris, Coignard*, 1742, in-12, mar. citr. jans. tr. d.

598. ROBERT (A. C. M.). Fables inédites des 12e, 13e et 14e siècles, et Fables de La Fontaine, précédées d'une Notice sur les fabulistes. *Paris*, 1825, 2 vol. in-8, v. 90 fig.

599. RAYNOUARD, membre de l'Institut. Choix des poésies originales des troubadours. *Paris, Didot*, 1816, 6 vol. gr. in-8, pap. vél. v. fil. dent.

600. ROSSET. L'agriculture, poëme. *Impr. roy.*, 1774, in-4, demi-rel. belles fig.

601. ROUSSEAU (J.-B.). Œuvres choisies. *Paris, Desaint*, 1741, pet. in-12, mar. cit. jans. tr. dor.

602. SAINT-AMANT. Œuvres. *Paris*, 1661, pet. in-12, v. — Suite.... *Paris*, 1631, in-4, br. 68 p.

603. VOLTAIRE. La Henriade, ornée de dessins lithographiques. *Paris, Dubois*, 1825, in-fol. demi-rel. mar. rouge.
Il manque 28 figures sur 94.

604. VOLTAIRE. La Henriade, poëme. *Paris, De Bure*, 1836, in-12, v. viol. fil. tr. dor. fig. pap. vél.

IV. Poëtes étrangers.

605. Anthologie arabe, ou choix de poésies arabes inédites, trad. en français avec observations critiques et littéraires par M. Grangeret de la Grange. *Paris, Imp. roy.*, 1828, in-8, br.

606. CHOPIN. La Fontaine des fleurs, poëme, trad. librement du russe de Pouschkin. *Paris*, 1826, in-8, br. fig. 40 p.

607. GESNER. Œuvres complètes. 3 vol. in-24, mar. rouge fil. tr. d. fig. de Marillier.

608. MARINI (J.-B.). Le Massacre des Innocents, poëme, trad. par De Latour. *Paris*, 1848, in-8, br.

609. TASSE (Torq.). La Jérusalem délivrée, trad. en vers français par Baour-Lormian, *Paris*, 1819, 3 vol. in-8, v. fil.

610. TASSE. Jérusalem délivrée, trad. par Lebrun. *Paris*, 1814, 2 vol. in-8, v. f. fil., fig.

611. TASSO. Il Goffredo overo Gierusalemme liberata. *Venezia*, 1609, in-32, vél. fig. en bois.

612. YOUNG. Œuvres traduites de l'anglais. *Paris*, 1769, 4 vol. in-8, v. éc. fil. fig.

V. Poésie dramatique.

613. Théâtre des Grecs, par le P. Brumoy, édit. revue par Raoul-Rochette. *Paris*, 1820, 17 vol. in-8, br.

614. Théâtre complet des latins, par J.-B. Levée et par l'abbé Le Monnier. *Paris*, 1820, 15 vol. in-8, bas. fil.

—

615. BARON. Le Théâtre. *Paris*, 1659, 3 vol. pet. in-12. — BOISSY. Œuvres, contenant son théâtre français et italien. *Amst.*, 1768, 4 vol. in-12, bas.

616. COLLIN d'HARLEVILLE. Théâtre et poésies fugitives. *Paris*, 1805, 4 vol. in-8, demi-rel.

617. CORNEILLE (P. et Th.). Œdipe. *Rouen*, 1659. — Darius, 1659. — Timocrate, 1658. — Le Charme de la voix, 1658. — Bérenice, 1659. — Mort de Commode, 1659, in-12, v.

618. MOLIÈRE. Œuvres. *Paris, D. Thierry*, 1682-97, 8 vol. in-12, v. fig.

619. NEUFCHATEAU (François de). L'esprit du grand Corneille, ou Extrait des ouvrages de P. Corneille qui ne font pas partie de ses chefs-d'œuvres dramatiques. *Paris, Didot*, 1819, in-8, v. fil.

620. Opéras, poésies, ballets, récités et représentés devant Louis XIV, 15 pièces, in-8, et in-4.

621. PALISSOT. Œuvres. *Liège*, 1777, 7 vol. in-8, v. éc. fil., belles fig.

622. PARFAIT (les frères). Histoire du Théâtre Français depuis son origine jusqu'à présent, avec la vie des plus célèbres poëtes dramatiques. *Paris*, 1745, 15 vol. in-12, v.

623. RACINE (J.). Œuvres, avec les commentaires de Luneau de Boisjermain. *Paris*, 1796, 7 vol. in-8, v. fil. portr. belles fig.

624. RACINE (J.). Œuvres, avec des commentaires, par Geoffroy. *Paris*, 1808, 7 vol. in-8, v. f. fil. tr. dor. fig.

625. RACINE. Esther, tragédie tirée de l'Écriture sainte. *Paris*, 1689, in-4, v. (*Édit. originale*).

625 *bis*. RACINE. Athalie, tragédie tirée de l'Écriture sainte. *Paris*, 1691, in-4, v. (*Edit. originale*).

Une note manuscrite de M. Héricart de Thury affirme que le nom d'*Arnauld*, inscrit sur le titre de cet exemplaire, est de la main du roi Louis XIV.

626. RÉGNARD. Œuvres complètes, avec des avertissements et des remarques. *Paris*, 1790, 6 vol. in-8, v. fil. tr. dor. fig.

627. Zulica, tragédie. *Paris*, 1760. — HUME. Le Caffé, ou l'Écossaise, comédie. *Londres*, 1760. — Les Trois Dorothées, ou le Jodelet souffleté. (Vers 1640.) — La Vefve, comédie de P. Corneille. — LAFONTAINE. Le Florentin, tragédie en 1 acte, en vers. — Le Complaisant, comédie. — L'École des amis, 1637, ens. 1 vol. in-12, demi-rel.

VI. Fictions, Romans, Contes, etc.

628. Agréables (les) divertissements de la table, ou les Règlements de l'illustre Société des frères et sœurs de l'Ordre de Méduse. *Marseille, de l'imprimerie de l'Ordre*, pet. in-12. br. 64 p.

629. APULÉE, philosophe platonicien. Les Métamorphoses, ou l'Ane d'or, trad. en français, avec le Démon de Socrate. *Paris*, 1707, 2 vol. in-12, v. fig.

630. Chef-d'œuvre d'un inconnu, poëme, découvert par Mathanasius, publié par Leschevin. *Paris*, 1807, 2 vol. in-12, demi-rel.

631. ERASME. L'Éloge de la folie, trad. du latin par Gueudeville, 1753, in-12, fig.

632. UBEDA (Franc. de). Libro de entretenimiento de la picara Justina. *En Bruxellas*, 1608, pet. in-8, parch.

633. SEGRAIS (de). Zaïde, histoire espagnole, avec un Traité de l'origine des romans, par Huet. *Paris*, 1705, 2 vol. in-12, veau.

634. TABOUROT (Ét.). Bigarrures du seigneur Des Accords. *Paris*, 1662. — Les Touches du seigneur Des Accords. *Paris*, 1662, in-12, bas.

635. Temple de Gnide. *Paris*, *Pinard*, 1824, grand in-fol. cart.

636. Thrésor des livres d'Amadis de Gaule, assavoir les haren-

gues, concions, épistres, complaintes et autres choses les plus excellentes. *Lyon, Jean Huguetan*, 1671, in-24, fatig. lég. mouillé.

637. Voyage (le) et la Conquête de l'isle d'Amour, le Passe-partout des cœurs. *Paris*, 1675, in-12, v.

VII. Philologie.

638. LA HARPE (J-F.). Lycée, ou Cours de littérature ancienne et moderne. *Paris*, 1799, 16 t. en 17 vol. in-8, bas. fil.

639. GENLIS (Mme de). De l'influence des femmes sur la littérature française. *Paris*, 1811, in-8, demi-rel.

640. Télémacomanie, ou Censure et critique du roman intitulé : les Aventures de Télémaque. 1700, 1 vol. in-12. v.

VIII. Épistolaires.

641. CICERO, père d'éloquence latine. La première partie des Épitres familières, en laquelle sont contenuz les 8 premiers livres traduictz en françois. *On les vend à Paris, par Denis Janot*, 1537, p. in-8, bel ex.

642. Lettere critiche, giocose, morali, scientifiche ed erudite del conte Ag. Santi Pupieni o sia dell'av. G. A. Costantini. *Venezia*, 1751, pet. in-8, 8 tom. en 4 vol. parch.

643. Lettere del comm. Annibal Caro. *Padova*, 1763-1765, pet. in-8, 6 vol. parch.

644. Lettres inédites de Buffon, Rousseau, Voltaire, Piron, Larcher et autres, avec *fac simile*, publiées par C.-X. Girault. *Dijon*, 1819, in-8, demi-rel.

645. PATIN (Guy). Lettres choisies. *Lahaye*, 1715, 4 vol. in-12, v. — L'esprit de Guy-Patin, tiré de ses conversations, de son cabinet, de ses lettres. In-12, v. Le titre manque.

646. PLINII (Cæcilii II) epistolarum libri X. *Lugd. Bat., Elzev.*, 1640, pet. in-12, v. fil.

647. POUSSIN (Nicolas). Collection de ses lettres. *Paris*, 1824, in-8, br.

648. PEIRESC. Correspondance inédite avec Jérôme Alexandre, etc., publiée par Fauris de Saint-Vincent. *Paris*, 1819, in-8, demi-rel.

649. SÉVIGNÉ (Mme de). Lettres à sa fille et à ses amis. *Paris*, 1812, 12 vol. in-8, v. f. fil. 2. portr.

650. MONMERQUÉ. Mémoires de M. de Coulanges, suivis de Lettres inédites de Mme de Sévigné, etc. *Paris*, 1820, in-8, br.

IX. Polygraphie.

651. Bibliothèque classique latine, ou Collection des auteurs latins, avec des Commentaires anciens et nouveaux, publiée par E.-N. Lemaire. *Paris, Didot*, 1819-1833, 142 vol. in-8, dont 70 rel. en veau. rac. fil.; les autres vol. brochés.

Le poëte Lucrèce, publié en 1838, et formant les tomes 143 et 144, manque dans cette collection.

652. Collection de classiques français. *Paris, Cazin*, 1783 : P. et Th. Corneille, 5 vol.; Molière, 7 vol.; Boileau, 2 vol.; La Fontaine, 2 vol.; J. Racine, 4 vol.; L. Racine, 2 vol.; Fénelon, Télémaque, 3 vol.; Colardeau, 3 vol.; J.-B. Rousseau, 2 vol.; Crébillon, 2 vol.; Gilbert, 2 vol.; Voltaire, Théâtre, 8 vol.; Deshoulières, Œuvres choisies, 1 vol.; Delille, les Jardins, 1 vol.; Homère, Œuvres complètes, trad. par Bitaubé, 12 vol.; Young, Les Nuits, trad. de l'anglais par Le Tourneur, 3 vol.; ensemble 59 vol. in-18, v. éc. fil. tr. dor. portr.

Une page est manuscrite dans un des volumes de Racine; 5 lignes manquent dans la table du tome Ier de Lafontaine.

653. CICERON (M.-T.). Œuvres complètes, trad. en français, le texte en regard. *Paris, Fournier*, 1816-1818, 27 vol. in-8. — PREVOST. Histoire de Cicéron, tirée de ses écrits et des monuments de son siècle. 2 vol. — ESNESTI (J.-A.) Clavis Ciceroniana, 2 vol.. *Paris*, 1818. — La République de Cicéron, d'après le texte découvert par M. Mai, avec des notes historiques par M. Villemain. *Paris, Michaud*, 1823, 2 vol. in-8; ensemble 33 vol. in-8, pap. vél. v. fil. fers à froid, rel. uniforme.

654. MARESCHAL (Jules). Morceaux choisis de littérature re-

ligieuse, philosophique, politique et descriptive. *Paris, Pillet, s. d.* gr. in-8, br.

655. MONTESQUIEU. Œuvres complètes, précédées de la Vie de cet auteur. *Paris*, 1820, 5 vol. in-8, bas. fil.

656. ROLLIN. Œuvres complètes. *Paris*, 1807, 60 v. in-8, v. et atlas in-fol.

657. SAINT-ÉVREMOND. Œuvres. *Londres*, 1711, 7 vol. in-12, v. portr.

658. VOITURE. Œuvres (lettres et poésies). *Paris, Billaine*, 1663, 2 tom. en 1 vol. in-12, v.

659. VOITURE. Œuvres. *Paris*, 1701, in-12, v.

HISTOIRE.

I. Introduction. — Géographie.

660. GRIFFET (H.), jés. Traité des différentes sortes de preuves qui servent à établir la vérité de l'histoire. *Liége*, 1770, in-12, demi-rel.

661. GUEUDEVILLE. Atlas historique, ou Nouvelle introduction à l'histoire, à la chronologie et à la géographie ancienne et moderne. *Amst.*, 1739, 7 vol. in-fol. v. fig. bel ex.

---

662. ANVILLE (d'). Traité des mesures itinéraires anciennes et modernes. *Paris*, 1769, in-8, demi-rel.

663. BIANCONI (J.-J.). De mari olim occupante planities et colles Italiæ, Græciæ, Asiæ Minoris, etc. *Bononiæ*, 1846, in-4, br. fig.

664. Bulletin de la Société de géographie, 1822 à 1830 inclus. 14 vol. in-8, en livr.; avril, mai, juin, 1831.

665. Dictionnaire géographique universel, contenant la description de tous les lieux du globe. *Paris, Kilian*, 1823-1834, 10 t. tom. en 20 vol. in-8, br.

666. Études de Géographie, appliquées à la politique actuelle, ou Nouveau projet de la paix perpétuelle. *Paris*, 1829, 2 vol. in-8, br.

667. Neptune français, ou Recueil de cartes dressées au dépôt des plans de la marine pour le service des vaisseaux du roi. 1752-1804, 12 vol. in-fol. max.

668. POMPONIUS MELA, trad. en français par Fradin, sur l'édition de Gronovius. *Paris*, 1804, 3 vol. in-8, demi-rel. cartes.

669. STRABONIS rerum geographicarum libri XVII, studio Casauboni. 1687, in-fol. v. fil.

Cet ouvrage a été donné en prix, en 1734, à Charles-Louis de La Fontaine, fils du célèbre fabuliste. L'attestation est signée Coffin.

670. WALKENAER (C.-D.). Recherches sur la géographie ancienne et sur celle du moyen âge. *Impr. roy.*, 1822, in-4, demi-rel.

II. Voyages.

671. BOUGAINVILLE (le baron) et LA TOUANNE. Album pittoresque de la frégate la *Thétis* et de la corvette l'*Espérance;* collection de dessins relatifs à leurs voyages autour du monde, sous les ordres de Bougainville. *Paris*, 1828, gr. in-fol. 35 pl.

672. BOUGAINVILLE. Journal de sa navigation autour du globe. *Paris, Arthus Bertrand*, 1837, 2 vol. in-4, br. et atlas gr. in-fol.

673. D'ENTRECASTEAUX. Voyage à la recherche de La Pérouse, rédigé par M. de Rossel. *Impr. imp.*, 1808, 2 vol. in-4 et atlas, cart. non rog.

674. FREYCINET (Louis). Voyage autour du monde, de 1817 à 1820; Zoologie, 2 vol. et atlas de 96 pl.; Botanique, 1 vol. et atlas de 120 pl.; Histoire du voyage, 3 vol. et atlas de 120 pl.; Observations du pendule, 1 vol.; ens. 7 vol. in-4 et 3 atlas in-fol. en livr. fig. color.

675. Journal des voyages, découvertes et navigations modernes, ou Archives géographiques du 19e siècle, publié sous la direction de M. Verneur. 1819-1823, 20 t. en 10 vol. in-8, demi-rel. fig. et cartes. — Janvier 1824 à août 1836 en livraison.

676. LA PÉROUSE. Voyage autour du monde, rédigé par L.-A. Millet-Mureau. *Imp. de la Rép.*, 1797, 4 vol. in-4, cart. non rog. et atlas, grand in-fol.

677. MARCHAND (Étienne). Voyage autour du monde en 1790, 91 et 92. *Paris*, 1798, 4 vol. in-4, fig. cart.

678. Recueil de voyages et de mémoires, publié par la Société de géographie. *Paris*, 1824-25, tom. 1 et 2 en 3 vol. in-4, br.

679. SAVIGNY et CORRÉARD. Naufrage de la frégate La Méduse. *Paris*, 1817, in-8, br. fig.

680. STRUYS (J.). Voyages en Moscovie, en Tartarie, en Perse, aux Indes. *Amst.*, 3 vol. in-12, v. fig. et cartes.

681. VANCOUVER (George). Voyage de découvertes à l'Océan Pacifique du nord et autour du monde, exécuté de 1790 à 1795, trad. de l'anglais. *Paris*, 1800, 3 vol. in-4, fig. cart. non rog. et atlas gr. in-fol.

682. Voyages d'Ali-Bey el Abbassi en Afrique et en Asie, de 1803 à 1807. *Paris*, 1814, 3 vol. in-8, bas. et atlas in-fol. oblong.

III. Chronologie. — Histoire ancienne.

683. Ephémérides politiques, littéraires et religieuses représentant pour chaque jour un tableau des événements remarquables qui datent de ce même jour dans l'Histoire de tous les siècles et de tous les peuples, jusqu'au 1er janvier 1812, par Noel. *Paris*, 1812, 12 vol. in-8, demi-rel.

684. JANVIER (Antide). Manuel chronométrique, ou Précis de ce qui concerne le temps, ses divisions, ses mesures, leurs usages, etc., etc. *Paris*, 1821. in-12, demi-rel. v. fig.

---

685. BARTHÉLEMY. Voyage du jeune Anacharsis en Grèce, dans le milieu du 4e siècle. *Paris, Debure*, 1789, 7 vol. in-8, demi-rel. et atlas in-4.

686. LEBEAU. Histoire du Bas-Empire. *Paris*, 1757, 26 vol. in-12, demi-rel.

687. LEVESQUE (P.-Ch.). Études de l'Histoire ancienne et de celles de la Grèce. *Paris*, 1821, 5 vol. in-8, demi-rel.

688. MARC-AURÈLE, ou Histoire philosophique de l'empereur Marc-Antonin. *Paris*, 1830, 4 vol. in-8, v. et atlas.

689. NAPOLÉON. Précis des guerres de César, écrit par Marchand à Sainte-Hélène, sous la dictée de l'empereur. *Paris*, 1836, in-8, br.

690. OLIVIER. Histoire de Philippe, roi de Macédoine. *Paris*, 1740, 2 vol. in-12, v.

691. PAUSANIAS. Voyage historique en Grèce, trad. par Gédoyn. *Paris*, 1794, 4 vol. in-8, bas. fil.

692. RABELLEAU. Histoire des Hébreux, rapprochée des temps contemporains. *Paris*, 1825, 2 vol. in-8, pap. fin, demi-rel. mar. r. non rog.

693. ROLLIN. Histoire ancienne des Égyptiens, des Carthaginois, des Assyriens, des Babyloniens, des Mèdes, des Perses, des Macédoniens et des Grecs. *Paris, Estienne*, 1748, 13 t. en 14 vol. in-12, v.

694. ROLLIN. Histoire Romaine, depuis la fondation de Rome jusqu'à la bataille d'Actium. *Paris, Estienne*, 1738, 16 vol. in-12, v.

695. TITI LIVII Historiarum libri, studio Gronovii. *Lugd. Bat., Elzev.*, 1645, 3 vol. in-24, v.

696. THUCYDIDE. Histoire Grecque, texte grec avec version latine en regard et observations historiques et critiques par J.-B. Gail. *Paris*, 1807, 6 vol. in-4, v. fig.

697. XÉNOPHON. Œuvres complètes, traduction latine et française, avec des notes critiques, par J.-B. Gail. *Paris*, 1814, 7 t. en 8 vol. in-8, veau. fig.

Il manque la première partie du tome Ier, contenant des notes purement philologiques.

IV. Histoire moderne.

A. HISTOIRE GÉNÉRALE DE L'EUROPE.

698. BOUGEANT. Histoire des Guerres et des Négociations qui précédèrent le traité de Westphalie. *Paris*, 1751, 6 volumes in-12, v.

699. L'Espion turc dans les Cours des princes chrétiens. *Cologne*, 1710, 6 vol. in-12, fig. v.

700. GAILLARD (G.-H.). Histoire de la rivalité de la France et de l'Angleterre. *Paris*, 1771, 11 vol. in-12, v.

701. GAILLARD (G.-H.). Histoire de la rivalité de la France et de l'Espagne. *Paris*, 1801, 8 vol. in-12, demi-rel.

702. MAIMBOURG. Histoire des Croisades. *Paris*, 1687, 4 vol. in-12, v.

703. Mémoires de M. de Torcy, pour servir à l'histoire des Négociations depuis le traité de Riswick jusqu'à la paix d'Utrecht. *La Haye*, 1757, 3 vol. in-12, v.

704. MONTGON (l'abbé de). Mémoires contenant les différentes négociations dont il a été chargé dans les cours de France, d'Espagne et de Portugal. 1750, 6 vol. in-12, v.

705. NOUGARÈDE DE FAYET. Des anciens Peuples de l'Europe et de leurs premières migrations. *Paris, Didot*, 1842, in-8, br. carte.

706. PARIVAL (J.-N. de). Abrégé de l'histoire de ce siècle de fer, contenant les misères et calamitez des derniers temps jusqu'en 1653. 1654, pet. in-8, vél.

707. SENONNES (le vicomte de). Choix de Vues pittoresques d'Italie, de Suisse et d'Espagne. *Paris, Didot*, 1820 et ann. suiv. 42 pl. gr. in-fol.

708. Traité de Paix entre les Couronnes de France et d'Espagne, en 1659. In-4, 64 pages avec 4 portraits de Louis XIV, de Marie-Thérèse d'Autriche, de Philippe IV, de Mazarin, de Mendez de Haro et Gusman.

B. HISTOIRE DE FRANCE.

1. *Géographie.—Statistique.*

709. Atlas in-folio contenant 47 cartes des provinces de France, gravées vers 1590.

Cet Atlas est incomplet et en mauvais état.

710. CHANLAIRE. Atlas national de France en départements. *Paris*, 1806, gr. in-fol. demi-rel. 111 cartes.

711. COULON. Les Rivières de France, ou Description géographique et historique du cours et débordement des fleuves, rivières, fontaines, lacs, estangs, etc., qui arrosent la France. *Paris*, 1644, in-8, vél. tom. Ier.

712. Notice sur la nouvelle Carte de France, suivie de Tables, par ordre alphabétique, des noms des principaux points trigonométriques. *Paris*, 1832, in-4, br.

713. Plans et vues de Monuments de Lyon, de Marseille, de

Falaise, d'Arles, de Cherbourg, d'Orléans, de Toulouse, Strasbourg, Rome, Versailles, Lille, Dunkerque, Amiens, La Rochelle, Tours, Reims, etc. 40 pièces.

—

714. Almanach de la Cour et de la Ville. 1812-1822, 11 vol. in-24, mar. r. tr. d. fil. étuis.
Il manque 1814.

715. ANGEVILLE (le comte A. d'). Essai sur la Statistique de la population française. *Bourg*, 1836, in-4, br. cartes.

716. Description topographique et statistique de France. (Vers 1804), 46 départements, 3 vol. in-4. bas.

717. État de la France. *Paris*, 1680, 2 vol. pet. in-12, v.

718. PIGANIOL DE LA FORCE. Nouvelle description de la France. *Paris*, 1752, 15 vol. in-12, v. fig.

719. PIGANIOL DE LA FORCE. Nouveau voyage de France. *Paris*, 1780, 2 vol. in-12, v. cartes.

720. Recueil sur le cadastre de France, 15 pièces en 2 vol. in-8, demi-rel. bas., et 8 pièces in-4, demi-rel.

2. *Histoire celtique et gauloise. — Monuments. — Mœurs et usages.*

721. CHINIAC DE LA BASTIDE. Discours sur la nature et les dogmes de la religion gauloise. *Paris*, 1769, in-12, demi-rel.

722. FORTIA D'URBAN. Mémoire et plan de travail sur l'histoire des Celtes ou Gaulois. *Paris*, 1807, in-12, demi-rel.

723. HÉNAULT. Histoire critique de l'établissement des Français dans les Gaules. *Paris*, 1801, 2 t. en 1 vol. in-8, bas.

724. PELLOUTIER (S.). Histoire des Celtes, et particulièrement des Gaulois et des Germains. *Paris*, 1770, 8 vol. in-12, bas.

725. PICOT (J.). Histoire des Gaulois, jusqu'au commencement de la monarchie française. *Genève*, 1804, 3 vol. in-8, demi-rel.

—

726. Armoiries des villes de France, 8 pl. color. extraites du Dictionnaire des communes de France, de Girault de Saint-Fargeau.

727. BOTTIN (S.). Sur quelques monuments celtiques découverts dans le département du Nord. *Lille*, 1813.—Notice sur les découvertes faites à la Maison-Carrée en 1820 et 1821. 1 vol. in-8, demi-rel.—MILLIN. Introduction à l'étude des monuments antiques. 1796, in-8, demi-rel. — PERROT. Histoire des antiquités de la ville de Nismes. *Nismes*, 1842, in-8, br.

728. CAMBRY. Monuments celtiques, ou Recherches sur le culte des pierres. *Paris*, 1805, in-8, demi-rel. 7 pl.

729. CAUMONT (de). Bulletin monumental, ou Collection de mémoires et de renseignements pour servir à la statistique des monuments de la France. *Caen*, 1835, in-8, fig. t. Ier.

730. CAUMONT (de). Cours d'antiquités monumentales.—Histoire de l'art dans l'ouest de la France, 4e partie, moyen âge. —Architecture religieuse. *Paris*, 1831, in-8, br. et atlas in-fol. obl.

731. GOURLIER, BIET, GRILLON et TARDIEU. Choix d'édifices publics construits ou projetés en France, extrait des Archives du conseil des bâtiments civils. *Paris, Colas*, 1826 et ann. suiv. in-fol. 67 livraisons.

732. GRANGENT et DURAND frères. Description des monuments antiques du midi de la France. *Paris*, 1819, in-fol. br. 42 pl.

733. GREPPO (l'abbé J.-G.-H.). Études archéologiques sur les eaux thermales ou minérales de la Gaule à l'époque romaine. *Paris*, 1846, in-8, br.

734. GRIMAUDET (Fr.), av. d'Angers. Des monnoyes, augment et diminution du pris d'icelles. *Paris*, 1576, pet. in-12, parch. taché.

735. GRIVAUD DE LA VINCELLE. Recueil de monuments antiques, la plupart inédits et découverts dans l'ancienne Gaule. *Paris*, 1817, 2 t. en 1 vol. in-4, demi-rel. 40 pl.

736. LE GRAND D'AUSSY. Histoire de la vie privée des Français. *Paris*, 1782, 3 vol. in-8, demi-rel.

737. LENOIR (Al.). Musée des monuments français, ou Description historique et chronologique des statues en marbre et en bronze, bas-reliefs et tombeaux des hommes et des femmes célèbres. *Paris*, 1800, 8 vol. in-8, cart. n. r. fig.

738. MARCHANGY. Tristan le voyageur. *Paris*, 1825, 6 vol. in-8, bas. (Les 4 derniers vol. br.)

739. MARCHANGY (F.). La Gaule poétique, ou l'Histoire de France considérée dans ses rapports avec la poésie et l'éloquence, *Paris*, 1813, 8 t. en 7 vol. in-8, demi-rel.

740. Mémoires de l'Académie celtique, ou Recherches sur les antiquités celtiques, gauloises et françaises, publiées par l'Académie celtique. *Paris*, 1807-1809, 4 vol. in-8.

741. Mémoires et dissertations sur les antiquités nationales et étrangères, publiés par la Société royale des antiquaires de France. *Paris*, 1817-1829, 8 vol. in-8, demi-rel. (Les 3 derniers br.)

742. MILLIN (A.-L.). Antiquités nationales, ou Recueil de monuments pour servir à l'histoire générale et particulière de l'Empire français, etc. *Paris*, 1790-1799, 5 vol. in-fol. br. fig.

743. MILLIN (A.-L.). Voyage dans les départements du midi de la France. *Paris*, 1807, 4 t. en 5 vol. in-8, v. et atlas, gr. in-4, demi-rel.

3. *Histoire générale. — Mélanges.*

744. Almanach royal et national, 1702, 1718, 1742, 1769, 1778, 1779, 1785, 1787, 1789 à 1795, 1804, 1807, 1810, 1814 à 1832, 1834, 1835, 36, 40, ens. 38 vol. in-8, rel. et br.

745. CHALONS, orat. Histoire de France. *Paris*, 1754, 3 vol. in-12, v.

746. CHANTREAU. Histoire de France, abrégé chronologique, depuis 1803. 2 vol in-8, demi-rel.

747. DANIEL (G.). Histoire de France. *Paris*, 1755-57, 17 vol. in-4, v. fig. bel ex. gr. pap.

748. DREUX DU RADIER. Mémoires historiques, critiques, et anecdotes des reines et régentes de France. *Paris*, 1808, 3 t. en 6 vol. in-8, demi-rel.

749. DUVAL (P.). Recherches curieuses des annales de France, où, par une méthode historique, sont décrites les actions les plus signalées de nos roys. *Paris*, 1647, in-8, vél.

750. GREGORII TURONENSIS historiæ Francorum libri X. *Paris.*, 1561. — Ejusd. de gloria Martyrum, libri II. *Paris.*, 1563. — ADONIS Viennensis archiepisc. chronica. *Paris*, 1561, in-8, v.

751 MERCIER. Portraits des rois de France. *Neuchâtel*, 1783, 4 t. en 3 vol. in-8, demi-rel.

752. MEZERAY. Abrégé chronologique de l'Histoire de France. *Amst.*, 1700, 6 vol. in-12, v. fig. — Histoire de France avant Clovis. *Amst.*, 1710, in-12, v.

753. PAULI ÆMYLII, Veronensis, de rebus gestis Francorum libri. *Paris.*, 1677, in-fol. v.

754. SALLIER (Guy-Marie). Annales françaises. *Paris*, 1832, 2 vol. in-8, br.

755. SERRES (Jean de). Inventaire général de l'Histoire de France, de Pharamond à Louis XIV. *Rouen*, 1648, in-fol. v.

Beau portrait de Louis XIV enfant.

756. VÉLY, VILLARET, GARNIER et DUFAU. Histoire générale de France, avant et depuis l'établissement de la monarchie, jusqu'en 1815. *Paris*, 1819-1821, 42 t. en 43 vol. in-12, bas.

—

757. Collection de documents inédits sur l'Histoire de France. *Paris*, *F. Didot*, 1833-53, in-4, br. et cart.

1° Rapports au roi et autres pièces. 1835. — Rapport au ministre. 1839.

2° Instructions du Comité historique des Arts et monuments : Musique. 7 pl. in-4. — Architecture militaire au moyen âge. 86 p. fig. — Indépendance Gauloise. fig. — Civilisation chrétienne. fig.

3° Li Livres de jostice et de Plet, par Rapetti et Chabaille. 1 vol.

4° Les Olim, ou Registres des arrêts rendus par la Cour du roi, de 1254 à 1318, par le comte Beugnot, 3 t. en 4 vol.

5° Procès-verbaux des séances du Conseil de régence du roi Charles VII, en 1484. 1 vol. — Journal des états-généraux de France tenus à Tours en 1484. 1 vol. — Procès-verbaux des états-généraux de 1593. 1 vol.

6° Ouvrages inédits d'Abélard, pour servir à l'Histoire de la philosophie scolastique en France, publiés par V. Cousin. 1 vol.

7° Les IV Livres des rois, trad. en français du XIIe siècle, publiés par Leroux de Lincy. 1 vol.

8°. Éclaircissement de la langue française, par Jean Palsgrave, suivi de la Grammaire de Giles du Guez, publ. par F. Génin. 1 vol.

9° Recueil des lettres missives de Henri IV, publiées par Berger de Xivrey. 5 vol.

10° Lettres de rois, reines et autres personnages des cours de France et d'Angleterre, par Champollion-Figeac. — Captivité du roi François Ier, par le même. 1 vol. — Documents historiques inédits tirés des collections manuscrites des archives, ou des bibliothèques des départements, par Champollion-Figeac. 4 vol.

11° Correspondance de Henri d'Escoubleau de Sourdis, archevêque de Bordeaux, publ. par Eug. Sue. 3 vol.

12° Négociations de la France dans le Levant, ou Correspondances, Mémoires et Actes diplomatiques, publ. par E. Charrière. 2 vol. — Chronique de Bertrand Du Guesclin, publ. par le même. 2 vol.

13° Procès des Templiers, publ. par Michelet. 2 vol.

14° Recueil des monuments inédits de l'Histoire du tiers-état, par Aug. Thierry; 1re série, région du Nord. 1 vol.

15° Négociations diplomatiques entre la France et l'Autriche, par Leglay. 2 vol.

16° Papiers d'État du cardinal de Granvelle, d'après les manuscrits de la bibliothèque de Besançon, publiés par M. Ch. Weiss. 8 vol.

17° Relations des ambassadeurs vénitiens sur les affaires de France au XVIe siècle, publiés par N. Tommaseo. 2 vol.

18° Négociations relatives à la succession d'Espagne sous Louis XIV, publiés par M. Mignet. 4 vol.

19° Histoire de la croisade contre les hérétiques Albigeois, par M. Fauriel. 1 vol.

20° Correspondance administrative sous le règne de Louis XIV, publ. par M. Depping. 3 vol. — Règlements sur les Arts et Métiers de Paris, rédigés au XIIIe siècle et connus sous le nom du Livre des Métiers d'Et. Boileau, par le même. 1 vol.

21° Chronique des ducs de Normandie, publ. par Francisque Michel. 3 vol.

22° Mémoires militaires relatifs à la succession d'Espagne

sous Louis XIV, publ. par le général Pelet. 8 vol. in-4 et 7 livraisons d'atlas.

23° Chronique du religieux de St-Denis, par Bellaguet. 6 vol.

24° Paris sous Philippe-le-Bel, et la Taille en 1292, par H. Giraud. 1 vol.

25° Archives administratives de la ville de Reims, publ. par P. Varin. 7 vol.

26° Cartulaire de l'Abbaye de Saint-Père de Chartres, publ. par Guérard. 2 vol. — Cartulaire de l'Abbaye de Saint-Bertin, publ. par le même. 1 vol. — Cartulaire de l'église Notre-Dame de Paris, par le même. 4 vol. in-4.

27° Éléments de Paléographie, par Natalis de Vailly. 2 vol. pet. in-fol.

28° Iconographie chrétienne, Histoire de Dieu, publ. par Didron. 1 vol.

29° Archéologie monastique, par Albert Lenoir. 1 vol.

30° Statistique monumentale de Paris. Atlas, cartes, plans et dessins, par Alb. Lenoir. 29 livr. in-fol. max.

31° Monographie de la cathédrale de Chartres, par MM. Lassus et Amaury Duval. 4 livr. in-fol.

32° Peintures à fresque de Saint-Savin. 1 vol. in-fol. de texte et 4 livr. de pl. col.

4. Histoire particulière jusqu'à Louis XVI.

758-760. Preuves de la découverte du cœur de saint Louis, rassemblées par MM. Berger de Xivrey, A. Deville, Ch. Lenormant, A. Le Prévost, P. Paris et le baron Taylor. *Paris, Didot,* 1846, in-8, fig. br.

761. LUSSAN (Mlle de). Anecdotes de la cour de Philippe-Auguste. *Paris,* 1820, 6 tom. en 3 vol. in-12, bas.

762. La même. Histoire et règne de Charles VI. *Paris,* 1753, 9 vol. in-12, v. portr.

763. La même. Histoire et règne de Louis XI. *Paris,* 1755, 6 vol. in-12, v.

764. La même. Anecdotes de la cour de François Ier. *Paris,* 1821, 2 tom. en 1 vol. in-12, bas.

765. Tournois du bon roi René, d'après le manuscrit et les

dessins originaux de la Bibliothèque royale, publiés par Champollion-Figeac et Dubois. *Paris*, 1826, in-fol. max. fig. col.

766. LE BRUN DE CHARMETTES. Histoire de Jeanne d'Arc. *Paris*, 1817, 4 vol. in-8, demi-rel. fig.

767. DUPUIS (F.). Des œuvres littéraires et artistiques inspirées par Jeanne d'Arc. *Orléans*, 1852, in-8, 42 p. — LONGIN (l'abbé). Éloge de Jeanne d'Arc. *Paris*, 1825, in-8, demi-rel. 50 p.

768. DU TILLET (Jean). Mémoires et recherches, contenant plusieurs choses mémorables pour l'intelligence des affaires de France. *Troyes*, 1578, pet. in-8, vél.

769. COMMINES (Philippe de). Les Mémoires. *Paris*, 1661, pet. in-12, v. 3 portr.

770. GAIL (J.-B.). Lettres inédites de Henri II, Diane de Poitiers, Marie-Stuart, François-Dauphin, etc., adressées au connétable de Montmorency. *Paris*, 1828, in-8, br.

771. GUYNAUD. Concordance des prophéties de Nostradamus avec l'histoire, depuis Henri II jusqu'à Louis-le-Grand, la vie et l'apologie de cet auteur... *Paris*, 1693, in-12, v.

772. Journal des choses mémorables advenues pendant le règne de Henri III. 1621, pet. in-8, vél.

773. Livre (le) des Statuts et ordonnances de l'Ordre du benoist Sainct Esprit, estably par Henry III. 1778, in-4, régl. mar. grenat, fil. tr. dor. fleurdel. aux armes de l'ordre et de Henri III.

774. Satyre Ménippée de la vertu du Catholicon d'Espagne et de la tenue des Estats de Paris. *Ratisb.*, 1664, pet. in-12, fig. quelq. taches.

775. La même. *Ratisb.*, 1726, 3 vol. pet. in-8, v. fig.

776. VIDEL (Louis). Histoire de la vie du connétable de Lesdiguières. *Paris*, 1638, pet. in-fol. bas. portr.

777. Vie de Louis Balbe de Crillon, surnommé le brave, et Mémoires des règnes de Henri II, François II, Charles IX, Henri III et Henri IV. *Paris*, 1781, in-12, v. portr.

778. SULLY. Mémoires. *Paris*, 1822, 6 vol. in-8, v. fil. portr.

779. Mémoires de Maximilien Béthune, duc de Sully, mis en ordre par L. D. L. D. L. *Londres*, 1745, 8 vol. in-12, v.

780. Testament politique du cardinal de Richelieu. *Amst.*, 1700, 2 tom. en 1 vol. in-12, v.

781. JAY (A.). Histoire du ministère du cardinal de Richelieu. *Paris*, 1816, 2 vol. in-8, demi-rel. portr.

782. Histoire du ministère d'Armand Jean Duplessis, cardinal duc de Richelieu. *Paris*, 1650, in-fol. v. portr.

783. ROCHEFORT (le comte de). Mémoires, contenant ce qui s'est passé de plus particulier sous le ministère du cardinal de Richelieu. *La Haye*, 1691, in-12, v. f.

784. TALON (Omer), av. général. Mémoires. *La Haye*, 1732, 8 vol. in-12, v.

785. RETZ (le card. de). Mémoires. *Amst.*, 1718, 5 v. in-12, v.

786. Esprit (l') de la Fronde, ou Histoire politique et militaire des troubles de France pendant la minorité de Louis XIV. *Paris*, 1772, 5 vol. in-12, v.

787. Histoire de la vie et des actions de Louis de Bourbon, prince de Condé. *Col.*, 1694, 2 tom. en 1 vol. in-12.

788. DU BUISSON. La Vie du vicomte de Turenne. *Col.*, *s. d.* in-12, v.

789. LAFONT D'AUSSONE. Histoire de Mme de Maintenon, fondatrice de Saint-Cyr. *Paris*, 1814, 2 vol. in-8, demi-rel. portr.

790. Mémoires pour servir à l'histoire de Mme de Maintenon, et à celle du siècle passé, par de la Beaumelle, et Lettres de Mme de Maintenon. *Maëstricht*, 1778, 16 tom. en 8 vol. in-12, demi-rel. — Vie de Mme de Maintenon, pour servir de suite à ses Lettres. *Col.*, 1753, 1 vol. pet. in-12, demi-rel.

791. Lettres de Mme la comtesse de Rivière à Mme la baronne de Neufpont, contenant les principaux événements de sa vie et des anecdotes nouvelles sur le règne de Louis XIV. *Paris*, 1776, 4 vol. in-12, bas.

792. Mémoires de la régence du duc d'Orléans, pendant la minorité de Louis XV. *La Haye*, 1730, 3 vol. in-12, v.

793. Charges du procès de M. L'Escalopier, intendant de la généralité de Montauban. 1756, in-12, demi-rel.

794. Mémoires du maréchal duc de Richelieu, pour servir à l'histoire des cours de Louis XIV et de Louis XV. *Paris*, 1793, 9 vol. in-8, bas. portr. cartes. — Correspondance particulière et historique du maréchal de Richelieu, en 1756, 1757 et 1758, avec M. Paris Du Verney. *Londres*, 1789, 2 tom. en 1 vol. in-8, v.

5. *Histoire de France depuis Louis XVI.*

795. CAMPAN (Mme). Mémoires sur la vie privée de Marie-Antoinette. *Paris*, 1823, 3 vol. in-8, portr.

796. MONTJOIE. Histoire de Marie-Antoinette, reine de France. *Paris*, 1797, in-8, demi-rel. portr.

797. BURKE (Ed.). Réflexions sur la révolution de France, et sur les procédés de certaines sociétés de Londres. 1790, in-8, demi-rel.

798. Correspondance sur les affaires du temps, ou Lettres sur la politique, l'histoire, la littérature, les arts, etc. *Paris*, 1798, 2 tom. en 1 vol. in-8, bas. fil.

799. FANTIN DES ODOARDS (Ant.). Histoire philosophique de la révolution de France. *Paris*, 1807, 10 vol. in-8, demi-rel.

800. FANTIN DES ODOARDS. Histoire de la république française, depuis la séparation de la Convention jusqu'à la conclusion de la paix avec l'empereur. *Paris*, 1798, 2 vol. in-8, demi-rel.

801. GENLIS (Mme de). Mémoires inédits sur le 18e siècle et la révolution française. *Paris*, 1825, 10 vol. in-8, br.

802. MILLIN (A.). Histoire métallique de la révolution française, ou Recueil des médailles et monnaies frappées depuis 1789 jusqu'aux premières campagnes d'Italie. *Paris*, 1806, in-4, br. 26 pl.

803. RAISSON (Horace). Histoire de Napoléon et de la famille Bonaparte. *Paris*, 1830, 11 vol. in-18, br.

804. SCHOELL (Fréd.). Recueil de pièces officielles destinées à détromper les Français sur les événements de 1812, 1813 et 1814. *Paris*, 1816, 9 vol. in-8, demi-rel.

805. MILLIN. Histoire métallique de Napoléon, ou Recueil des médailles et des monnaies frappées depuis sa première campagne jusqu'en 1815. *Londres*, 1819, in-4, cart. non rogné.

806. BEAUCHAMP (Alph. de). Histoire de la campagne de 1814 et de la restauration de la monarchie. *Paris*, 1815, 2 vol. in-8, demi-rel.

807. BEUGNOT. Vie de Becquet, ministre d'État sous la restauration. *Paris*, *Didot*, 1852, in-8, br. avec une lettre aut. signée de M. Beugnot.

808. CHAZET (Alissan de). Mémoires, souvenirs, œuvres et portraits. *Paris*, 1837, 3 vol. in-8, br.

809. Ministère des Finances. État détaillé des liquidations faites par la commission d'indemnité, 31 décembre 1826. *Impr. roy.*, 1827, 3 vol. in-4.

810. Procès-Verbal des séances de la Chambre des Pairs, relatif au jugement du maréchal Ney. *Paris*, 1815, 1 vol. in-8, demi-rel. bas.

811. *Quotidienne* du 21 mars au 31 juillet 1815. In-fol. demi-rel.

812. Recueil de 6 vues représentant les principales cérémonies extérieures du sacre de Charles X. *Paris*, 1825, gr. in-fol.

813. Faits d'armes de l'armée française en Espagne. 1824, 1 vol. gr. in-fol. en feuilles.

814. 16 pièces in-8, br., vers chansons et bouquets des fêtes royales. 1814 à 1830.

815. *Gazette de France* du 31 juillet au 25 novembre 1830.

816. Cour des Pairs. Affaire Teste, Cubières, Pellaprat et Parmentier. *Impr. roy.*, 1847, 3 vol. in-4, br.

817. 6 pièces in-8, br., sur l'affaire Libri.

6. *Histoire des villes et provinces de France.*

a. PARIS ET SES ENVIRONS.

§ 1. Statistique.—Histoire générale.—Mélanges.

818. Atlas de Jailliot, pour ses recherches sur la ville de Paris. *Paris*, 1783, 21 cartes, gr. in-fol. demi-rel.

819. Carte topographique des environs de Versailles, dite des chasses. 14 feuilles colombier, collées sur toile.

820. CHABROL DE VOLVIC. Recherches sur la ville de Paris et le département de la Seine. 1821 à 1844, 5 vol. t. 1er in-8; les 4 derniers in-4, br.

821. COUTANS (Dom). Atlas topographique des environs de Paris, en 16 feuilles. *Paris*, 1800, grand in-8, demi-rel.

822. D'ARGENVILLE. Voyage pittoresque de Paris, ou Indication des plus belles peintures, sculptures, etc. *Paris*, 1765, in-12, v.

823. FÉLIBIEN et LOBINEAU. Histoire de la ville de Paris. *Paris*, 1725, 5 vol. in-fol. v. fig.

824. Histoire du donjon et du château de Vincennes, jusqu'à la chute de Buonaparte. *Paris*, 1814, 2 t. en un vol. in-8, demi-rel.

825. HURTAUT. Dictionnaire historique de la ville de Paris et de ses environs. *Paris*, 1779, 4 vol. in-8, bas.

826. JACOUBET. Atlas général de la ville, des faubourgs et des monuments de Paris. 54 feuilles grand-colombier.

827. LA TYNNA (J. de). Dictionnaire topographique, étymologique et historique des rues de Paris. 1816, in-12, demi-rel.

828. LAZARE (Félix et Louis). Dictionnaire administratif et historique des rues de Paris. *Paris*, 1847, grand in-8, br.

829. LEGRAND (J.-G.) et LANDON. Description de Paris et de ses édifices. *Paris*, 1806, 2 vol. in-8, demi-rel. fig. et cartes.

830. LENOIR (Al.). Description historique et chronologique des monuments de sculpture réunis au Musée des monuments français. *Paris*, 1810, in-8, br.

831. MAIRE. Atlas administratif de la ville de Paris. 1821, in-fol. br.

832. Mémoire touchant la seigneurie du Pré-aux-Clercs, appartenant à l'Université de Paris. *Paris*, 1694, in-4.

833. MERCIER. Tableau de Paris. *Amst.*, 1783, 12 t. en 6 vol. in-8, bas.

834. OUDIETTE. Dictionnaire topographique des environs de Paris. *Paris*, 1817 in-8, demi-rel. cart.

835. SAINTEFOIX. Essais historiques sur Paris. *Londres*, 1765, 5 t. en 3 vol. in-12, bas. — 3 Mémoires sur les travaux ordonnés dans les carrières sous Paris et les plaines adjacentes. in-8, demi-rel.

836. Plan (le plus ancien) de Paris exécuté en tapisserie, d'où lui vient le titre de *plan de tapisserie*, portant la date de 1540, publié en 1818. 1 feuille gr.-aigle, avec une Notice historique in-4.

837. Plan perspective de la ville de Paris, telle qu'elle était

sous le règne de Charles IX, dit *Plan de tapisserie*. Une feuille gr.-aigle, sans date.

838. ROQUEFORT (de). Dictionnaire historique et descriptif des monuments religieux, civils et militaires de Paris. *Paris*, 1826, in-8, br.

839. SAINT-VICTOR (J.-B. de). Tableau historique et pittoresque de Paris, depuis les Gaulois jusqu'à nos jours. *Paris*, 1825-27, 4 t. en 8 vol. in-8, br. et atlas in-4, en livraisons.

840. SAUVAL (Ch.), av. Histoire et recherches des antiquités de la ville de Paris. *Paris*, 1724, 3 vol. in-fol. v.

841. THOURET. Rapport sur les exhumations du cimetière et de l'église des Saints-Innocents. *Paris*, 1789, in-4, br. 50 pl.

842. TOURNON, de l'Académie d'Arras. Moyen de rendre parfaitement propres les rues de Paris. *Paris*, 1789, in-8, br. 76 p. 1 fig.

843. VASSEROT et BELLANGER, archit. Plan détaillé de la ville de Paris, dressé géométriquement à l'échelle d'un mill. par mètre, lithogr. sur papier jésus, et composé de 12 livr. ex. sur pap. vél. côte pl. col.

§ 2. Monuments de Paris. — Edilité.

844. Abbatia regalis Sanctæ Genovefæ Parisiensis. 1691, plan sur jésus.

845. BAILLY (A.). Notice historique sur l'Hôtel-de-Ville de Paris. *Paris*, 1840, in-8, br. fig. L. A. S.

846. BALTARD. Paris et ses monuments. Le Louvre. *Paris*, 1803, grand in-fol. v. fil. 34 pl. gravées et fig. dans le texte.

847. BALTARD. Mémoires sur la réunion du Palais impérial des Tuileries et du Louvre, et plans de diverses dispositions pour l'achèvement de la place du Carrousel. *Paris, Didot*, 1811, grand-aigle cartonné.

848. BILLANE. Galerie et rotonde Colbert, conduisant de la rue Vivienne au Palais-Royal. Lith. sur format atlantique.

849. BLONDEL, architecte. Plan, coupe, élévation et détails du nouveau marché Saint-Germain. *Paris, Didot*, 1816, in-fol. cart.

850. BRONGNIART (A.-Th.). Plan du palais de la Bourse

de Paris et du cimetière de Mont-Louis. *Paris, Crapelet*, 1814, in-fol. br. 6 pl.

851. CHALGRIN. Plans, coupes, élévations et profils de l'église Saint-Philippe-du-Roule, 1 vol. sur jésus, demi-rel. bas. 17 pl.

852. CLARAC (le comte de). Musée de sculpture antique et moderne, ou description de ce que le Louvre et le Musée des antiques renferment en statues, bustes, bas-reliefs, inscriptions, etc., in-4 et texte in-8.

853. DELESPINE (P.-J.). Marché des Blancs-Manteaux. *Paris*, 1827, 14 pl. grand in-fol., demi-rel.

854. DUVAL (Am.). Les fontaines de Paris, anciennes et nouvelles, ouvrage contenant 66 pl. dessinées et gravées au trait par Moisy. *Paris*, 1813, in-fol. cart.

855. Église Sainte-Geneviève. Collection de dessins et gravures, environ 50 pièces, la plupart inédites.

856. FÉLIBIEN (M.). Histoire de l'Abbaye royale de Saint-Denis. *Paris*, 1706, in-fol. v. fig.

857. Galeries historiques du palais de Versailles. *Paris, Impr. roy.*, 1839-1848, 8 t. en 9 vol. in-8, br.

858. GISORS (Alph.). Le palais du Luxembourg, origine et description de cet édifice, principaux événements dont il a été le théâtre de 1615 à 1845. *Paris, Plon*, 1845, in-fol. demi-rel. mar. r. nombr. et belles fig.

859. GONDOIN, architecte. Description des écoles de chirurgie. *Paris*, 1780, grand in-fol.

860. GUEFFIER. Description historique des curiosités de l'Église de Paris. *Paris*, 1763, in-12, fig. v.

861. IMBARD (E.-F.). Tombeau de François Ier. *Paris, Didot*, 1827, in-fol. demi-rel. 20 pl.

862. JOLY (J.). Plans, coupes, élévations et détails de la restauration de la chambre des députés. *Paris*, 1840, grand-aigle.

863. LA BORDE (de). Projets d'embellissement de Paris et de travaux d'utilité publique. *Paris, Belin*, 1816, 1 cahier in-fol. br. — Projets d'embellissement du 10e arrondissement. *Paris*, 1842, in-4, 30 p.

864. LAFOLIE. Mémoires historiques relatifs à la fonte et à l'élévation de la statue équestre de Henri IV. *Paris*, 1819, in-8, fig. demi-rel.

865. LUSSON (A.-L.). Projets de 30 fontaines pour l'embellissement de la ville de Paris. *Paris*, 1835, in-fol. cart. 12 pl.

866. MARIETTE. Description des travaux qui ont précédé, accompagné et suivi la fonte en bronze d'un seul jet de la statue équestre de Louis XV. *Paris*, 1768, grand in-fol. demi-rel. v. 58 pl.

867. Modèle simulacre de l'arc de triomphe de l'Étoile, exécuté par Chalgrin, en charpente et en toile, pour le mariage de Napoléon avec Marie-Louise. In-4, oblong, fig. au trait, avec la relation des cérémonies du mariage et le *devis* mss. des frais occasionnés par cette fête.

868. MORAND (S.-J.). Histoire de la Sainte-Chapelle royale du palais, enrichie de planches. *Paris*, 1790, in-4, fig. br. en carton.

869. Moyens mécaniques employés pour le transport et la pose du bloc de marbre de la statue de Louis XIII. 7 pl. mss. par M. Labrouste.

870. PALAISEAU. La ceinture de Paris, ou Recueil des barrières qui entourent cette capitale. 1819, in-fol. 8 livraisons, fig. au trait.

871. PÉRAU (l'abbé). Description historique de l'Hôtel des Invalides, avec 108 fig. dessinées par Cochin. *Paris*, 1756, in-fol. v. fil.

872. PERCIER et FONTAINE. Arc de triomphe des Tuileries érigé en 1806, dessiné, gravé et publié par M. Normand fils, avec un texte explicatif par Brès. *Paris*, 1828, in-fol. oblong.

873. Plans et dessins divers : Hôtel-de-Ville, église Saint-Roch, église de la Madeleine, projets du Trocadero, église Saint-Germain, Chambre des Députés, etc., etc.. 20 pièces in-fol.

874. Plans des hôpitaux et hospices civils de Paris. *Paris*, 1820, grand in-4, demi-rel. 29 pl.

875. Plan de l'Hôtel-Dieu de Paris. 51 pl. in-4 oblong.

876. Recueil de différents Mémoires et autres pièces relatives au Panthéon français, Sainte-Geneviève. — Divers Mémoires de M. Patte, sur les cimetières et l'architecture de Paris. — 30 pièces in-4 et in-8, imprimées et manuscrites, accompagnées de plans nombreux ; ens. 1 gros vol. in-4, demi-rel.

877. RONDELET (J.). Mémoire historique sur le dôme du

Panthéon français, ou nouvelle église Sainte-Geneviève. *Paris*, 1814, in-4, cart. 20 pl.

878. TARDIEU (Ambr.). La colonne de la grande armée d'Austerlitz ou de la Victoire, érigée en bronze sur la place Vendôme. *Paris*, 1822, 1 vol. in-4, cart. 36 pl.

879. THIERRY, architecte. Collection de 10 dessins inédits pour la construction de l'arc de triomphe de l'Étoile.

880. THIERRY (D.), architecte. L'arc de triomphe de l'Étoile. *Paris*, 1845, grand aigle, en feuilles.

881. VIEL (Ch.-F.). Grand égoût de Bicêtre ordonné par le roi Louis XVI, plans, coupes, élévations, etc. *Paris*, 1817, in-4, demi-rel. fig. L. A. S.

882. VINCHON (A.). Peintures à fresques exécutées à Saint-Sulpice, dans la chapelle Saint-Maurice. *Paris*, 1823, grand in-fol. demi-rel. mar. 6 pl. avec une notice historique in-8, br. 14 pag.

883. 10 brochures in-8 et in-4, sur l'édilité parisienne.

b. FLANDRE. — PICARDIE. — NORMANDIE.

884. ALLOUVILLE (le comte d'). Dissertation sur les camps romains de la Somme. *Clermont-Ferrand*, 1825, in-4, br. pl. L. A. S.

885. BERTRAND (P.-J.-B.). Précis de l'histoire physique, civile et politique de la ville de Boulogne-sur-Mer, depuis les Morins jusqu'en 1814. *Boulogne*, 1828, 2 vol. in-8, br. fig. cartes.

886. Chronographie de l'ancienne Picardie. Mélanges archéologiques. 4 brochures in-4. *Amiens*, 1832.

887. HENRY (J.-F.). Essai historique, topographique et statistique sur l'arrondissement de Boulogne-sur-Mer. *Boulogne*, 1810, in-4, cart. pl. L. A. S.

---

888. BATAILLER (A.-P.-E.). Description générale des travaux exécutés à Cherbourg pendant le consulat et l'empire. *Paris*, 1848, gr. in-fol. cart. 13 pl.

889. CAUMONT (de). Mémoires de la Société Linnéenne de Normandie. *Paris*, 1835, in-4, br. pl.; t. 5.

890. DELAMARE. Essai sur la véritable origine et sur les vi-

cissitudes de la cathédrale de Coutances. *Caen*, 1841, in-4, br. nombr. fig.

891. DESROCHES, curé de Folligny. Histoire du mont Saint-Michel et de l'ancien diocèse d'Avranches. *Caen*, 1838, 2 vol. in-8, cart. n. r. et atlas in-fol. obl.

892. DUCAREL. Antiquités anglo-normandes, trad. de l'anglais par Léchaudé d'Anisy. *Caen*, 1823, in-4, en livr. 42 pl.

893. FRISSARD. Histoire du port du Havre. *Havre*, 1837, in-4, br. et atlas in-fol. max.

894. FRISSARD (P.-F.). Théâtre de Dieppe. 20 pl. gr. in-fol. et texte explicatif, demi-rel. v.

895. LA RUE (l'abbé de). Essai historique sur la ville de Caen et son arrondissement. *Caen*, 1820, 2 vol. in-8, bas.

896. LE PRÉVOST (Aug.). Histoire de Saint-Martin du Tilleul. *Paris*, 1848, gr. in-8, carte.

897. Mémoires de la Société des antiquaires de Normandie. *Caen*, 1824, 2 vol. in-8, br. et atlas.

898. Origines (les) de la ville de Caen et des lieux circonvoisins. *Rouen*, 1702, in-8, v.

899. SERVIN, av. Histoire de la ville de Rouen. *Rouen*, 1775, 2 t. en 1 vol. in-12, v.

C. BRETAGNE. — MAINE. — ANJOU.

900. Antiquités celtiques. — Souvenirs d'un voyage dans le Morbihan et le Finistère en 1841.

12 dessins inédits de M. Héricart de Thury.

901. Belle-Isle-en-Mer. Antiquités, statistique, recueil de pièces manuscrites.

902. CAMBRY. Voyage dans le Finistère, ou Etat de ce département en 1794 et 1795. 3 vol. in-8, demi-rel. fig.

903. COURSON (Aurélien de). Essai sur l'histoire, la langue et les institutions de la Bretagne armoricaine. *Paris*, 1840, in-8, br.

904. CRÉTINEAU-JOLY (J.). Histoire de la Vendée militaire. *Paris*, 1840, 4 vol. in-8, br.

905. DAUDIN et CAUMONT. Essai sur les poteries romaines

et les nombreux objets d'antiquité trouvés au Mans en 1809. *Paris*, 1829, in-8 tiré in-fol. br. 6 pl.

906. FOURCY (Eug. de). Carte géologique du Finistère. *Paris*, 1844, 6 feuilles colombier, coloriées.

907. GODARD-FAULTRIER et P. HAWKE. L'Anjou et ses monuments. *Angers*, 1839, 3 vol. gr. in-8, br., et 2 vol. de pl. — Souvenirs de l'exposition de peinture et sculpture ancienne à Angers en 1839, gr. in-8, fig. en livr.

908. MAUDET DE PENHOUET. Recherches historiques sur la Bretagne, d'après ses monuments anciens et modernes. *Nantes*, 1814, in-4, demi-rel. bas. pl., t. Ier seul paru.

909. TOUCHARD-LAFOSSE. La Loire historique, pittoresque et biographique. *Paris*, *Bourdin*, 1840, 4 vol. in-8, fig. en livr.

910. Voyage pittoresque dans le Bocage de la Vendée, ou Vues de Clisson et de ses environs. *Paris*, *Didot*, 1817, in-4, br., et atlas de 30 pl.

d. ORLÉANAIS. — TOURAINE. — BOURBONNAIS, ETC.

911. BARAILLON (J.-F.). Recherches sur les peuples *Cambiovicenses*, sur les monuments celtiques du département de l'Allier et de la Creuse, etc. *Paris*, 1806, in-8, bas.

912 BEAUVAIS DE PRÉAU. Essais historique sur Orléans. *Orléans*, 1778, in-8, bas. beau portrait de Jeanne-d'Arc.

913. BUZONNIÈRE (de) et Ch. PENSÉE. Histoire architecturale de la ville d'Orléans; anciens monuments religieux, civils et militaires. *Paris*, 1849, 2 vol. in-8 et atlas in-fol. de 64 pl. lith.

914. Description du château de Chambord. 2 recueils grand in-fol.; ens. 33 pl. demi-rel. mar.

915. JACQUET-DELAHAYE-AVROUIN. Du rétablissement des églises en France, à l'occasion de la réédification projetée de celle de Saint-Martin de Tours. 1822, in-4, demi-rel. 8 pl.

916. JOLLOIS. Notice sur les nouvelles fouilles entreprises sur l'emplacement de la Fontaine-l'Etuvée et sur les antiquités qui y ont été découvertes. *Orléans*, 1825, in-4, br. fig. col.

917. LOTTIN. Recherches historiques sur la ville d'Orléans,

depuis Aurélien, en 274, jusqu'en 1789. *Orléans*, 1836, 6 vol. in-8, br.

918. Orléans, la Loire et le Loiret. 12 vues lithographiées dédiées à M. de Rocheplate, maire d'Orléans. In-fol. — Nouveau plan d'Orléans et de ses faubourgs, dédié à M. de Cypierre, intendant de la généralité d'Orléans. In-fol.

919. ROMAGNESI (les frères) et Ch. PENSÉE. Album du département du Loiret. *Paris*, 1827, in-fol. en livraisons, 20 pl.

920. 12 Pièces in-4 et in-8, sur Orléans.

e. LIMOUSIN. — AUVERGNE.

921. ALLOU (C.-N.). Description des monuments des différents âges observés dans le département de la Haute-Vienne. *Limoges*, 1821, in-4, v.

922. BASTARD (de). Recherches sur Randan, ancien duché-pairie. *Riom*, 1830, in-8, br. pap. fin, fig.

923. Calendrier d'Auvergne. 1766, in-12, br.

924. DELARBRE (Ant.). Notice sur l'ancien royaume des Auvergnats et sur la ville de Clermont. *Clermont*, 1805, in-8.

925. LEGRAND. Voyage fait en 1787 et 1788, dans la Haute et Basse-Auvergne. *Paris*, 1795, 3 vol. in-8, demi-rel.

926. RABANI-BEAUREGARD. Tableau de la ci-devant province d'Auvergne. *Paris*, 1802, in-8, demi-rel.

927. SALABERY. Mon Voyage au Mont-d'Or. *Paris*, 1802, in-8, demi-rel.

f. GUYENNE. — GASCOGNE. — BÉARN, ETC.

928. ARBANÈRE. Tableau des Pyrénées françaises. *Paris*, 1828, 2 vol. in-8, br.

929. CHAMPOLLION-FIGEAC. Nouvelles recherches sur la ville gauloise d'Uxellodunum, assiégée et prise par César. *Paris*, 1820 in-4, br. 6 pl.

930. DU MÈGE (A.-L.-C.-A.). Monuments religieux des Volces-Tectosages des Garumni et des Convenæ, ou Fragments de l'archéologie pyrénéenne, et recherches sur les antiquités de la Haute-Garonne. *Paris*, 1814, in-8, demi-rel. bas. 24 pl.

931. JACOTTET. Souvenir des Pyrénées. 50 pl. gr. in-fol. lithographiés, demi-rel. bas.

932. LA BOULINIÈRE. Itinéraire descriptif et pittoresque des Hautes-Pyrénées françaises. *Paris*, 1825, 2 vol. in-8, v. fig. et cartes.

933. LOUIS. Salle de spectacle de Bordeaux. *Paris*, 1782, gr. in-fol. demi-rel. pl.

934. RAMOND (L.). Voyages au Mont-Perdu et dans les Hautes-Pyrénées. *Paris*, 1801, in-8, fig.

935. Relation de ce qui s'est passé pendant le siége de Grave, en 1674, in-12, v. carte.

936. TAYLOR (le baron). Les Pyrénées. *Paris*, 1843, in-8, br.

g. LANGUEDOC. — PROVENCE.

937. BARANTE (C.-I.). Essai sur le département de l'Aude. *Carcassonne*, 1803, in-8, demi-rel. bas.

938. CLERISSEAU. Antiquités de la France. Monuments de Nismes. *Paris*, 1768, in-fol. max. demi-rel. 51 pl.

939. DU MÈGE. Description du Musée des Antiques de Toulouse. *Paris*, 1835, in-8, br. — 2 cartonnages in-8, sur les monuments antiques.

940. TROUVÉ (le baron). Essai historique sur les états-généraux de la province du Languedoc, avec cartes et gravures. *Paris*, 1818, 2 vol. in-4, v.

---

941. Archéologie de Mons Seleucus, ville romaine, dans le département des Hautes-Alpes. *Gap*, 1806, in-4, br. 70 p.

942. HENRY (D.-J.-M.). Recherches sur la géographie ancienne et les antiquités du département des Basses-Alpes. *Forcalquier*, 1818, in-8, demi-rel. bas. 5 pl.

943. Histoire de la colonie grecque établie en Corse, accompagnée de réflexions politiques sur l'état actuel de la Grèce. *Paris*, 1826, in-12, mar. bl. fil. fers à froid.

944. Notice sur l'état actuel de l'arc d'Orange et des théâtres antiques d'Orange et d'Arles. *Paris*, 1839, in-4, br. 28 p. et 9 pl.

945. TEXIER (Ch.). Mémoires sur la ville et le port de Fréjus. *Impr. roy.*, 1847, in-4, br. 6 pl.

946. VILLENEUVE (de), préfet des Bouches-du-Rhône. Statistique du département des Bouches-du-Rhône. *Marseille*, 1821, 4 vol. in-4. cart. et atlas in-fol. br.

h. DAUPHINÉ. — LYONNAIS. — BOURGOGNE.

947. ALLARD (Guy). Bibliothèque du Dauphiné, contenant l'Histoire des habitants de cette province qui se sont distingués par leur génie et leurs connaissances. *Grenoble*, 1797, in-8, demi-rel.

948. BOURRIT. Itinéraire de Lyon à la Balme, avec une Description de sa fameuse grotte, l'une des sept merveilles du Dauphiné. *Lyon*, 1807, in-8, demi-rel. 64 p.

949. BOURGEOIS. Voyage pittoresque à la Grande-Chartreuse de Grenoble, suivi de quelques vues des environs de cette ville. *Paris*, *Delpech*, gr. in-fol. 20 pl. lith. — Prospectus ædificiorum Majoris Carthusiæ prout restaurata fuit post incendium ejus 1670. 2 pl. gr. in-fol.

950. CHALIEU (l'abbé). Mémoires sur diverses antiquités du département de la Drôme. *Valence*, 1810, in-4, demi-rel.

951. CHORIER (Nicolas). Histoire générale du Dauphiné. *Grenoble*, 1661, et *Lyon*, 1672, 2 vol. in-fol. bas.

952. Dissertation sur un monument souterrain existant à Grenoble. *Grenoble*, 1804, in-4, 25 p. 1 fig.

953. JAILLIOT. Les États de Savoie et de Piémont; Dauphiné, Bresse, Lyonnais et Provence. 1707, 6 feuilles.

954. LADOUCETTE (J.-C.-F.) Histoire, topographie, antiquités, usages, dialectes des Hautes-Alpes. *Paris*, 1848, gros in-8, br. portr. atlas.

955. LE LIÈVRE (Jean). Histoire de l'antiquité et sainteté de la cité de Vienne en la Gaule Celtique. *Vienne*, 1623, pet. in-8, v.

956. MERMET, aîné. Histoire de la ville de Vienne, durant l'époque gauloise. *Paris*, 1828, in-8, br.

957. REY (Et.) Monuments anciens et gothiques de Vienne, en France, suivi d'un texte historique et analytique par Vietty. *Paris*, 1821-1831, in-fol max. vél. 72 pl.

958. VALBONNAIS. Histoire du Dauphiné et des princes qui ont porté le nom de Dauphins. *Genève*, 1722, 2 vol. in-fol. v. fig.

959. VILLARET. Carte géométrique du Haut-Dauphiné et de la frontière ultérieure. 1758, 9 feuilles.

—

960. ARTAUD (F.). Description d'une mosaïque, représentant les jeux du cirque, découverte à Lyon en 1806. *Lyon*, 1806, gr. in-fol. br. 20 p. fig. col.

961. BALTARD. Projet du Palais de Justice de la ville de Lyon. *Paris*, 1830, in-4, br. 24 p. 11 pl.

962. Carte du duché de Bourgogne, comtés et pays adjacents, en 1782. Belle carte col. collée sur toile.

963. COLONIA (le P.). Antiquités de la ville de Lyon, ou Explication de ses plus anciens monuments. *Lyon*, 1733. — DELORME. Recherches sur les aqueducs de Lyon, construits par les Romains. *Lyon*, 1760, in-12, demi-rel.

964. PERNETY. Recherches pour servir à l'histoire de Lyon, ou les Lyonnais dignes de mémoire. *Lyon*, 1757, 2 vol. pet. in-8, v.

965. PENHOUET (de). Lettres sur l'histoire ancienne de Lyon. *Besançon*, 1818, in-8 tiré sur in-4 demi-rel, fig.

966. Lyon tel qu'il était et tel qu'il est ou Tableau historique de sa grandeur passée. *Paris*, 1797, in-12 bas. — CHABROL (le comte de). Sur les événements de Lyon au mois de juin 1817. *Paris*, 1818, in-8, demi-rel.

f. ALSACE. — CHAMPAGNE. — BRIE. — BEAUVOISIS, ETC.

967. ANQUETIL. Histoire civile et politique de la ville de Reims. *Reims*, 1756, 3 vol. in-12.

968. ARTÉZÉ DE LA SAUVAGÈRE. Recherche sur la nature et l'étendue d'un ancien ouvrage des Romains appelé communément briquetage de Marsal, avec un Abrégé de l'histoire de cette ville. *Paris*, 1740, in-8, cartes.

969. AUFSCHLAGER (J.-F.). L'Alsace, nouvelle description historique et topographique des deux départements du Rhin. *Strasbourg*, 1825, 5 vol. in-8, br. fig. cartes.

970. BERGIER (Nic.). Le Dessein de l'histoire de Rheims, avec diverses curieuses remarques touchant l'établissement des peuples et la fondation des villes de France. *Rheims*, 1635, in-4, vél.

971. CAUMARTIN (de). Procès-Verbal de la recherche de la noblesse de Champagne, avec les armes de chaque famille. *Chaalons*, 1673, in-8, v.

972. HERMANN (J.-F.). Notices historiques, statistiques et littéraires sur la ville de Strasbourg. *Strasbourg*, 1817, 2 vol. in-8, bas. cartes.

---

973. CASTELLAN (A.-L.). Fontainebleau, Etudes pittoresques et historiques sur ce château. *Paris*, 1840, gr. in-8, br. 85 pl.

974. D'ARCHIAC. Description géologique du département de l'Aisne. *Paris*, 1843, pet. in-fol. br. 31 pl. carte.

975. DEVISME. Histoire de la ville de Laon. *Laon*, 1822, 2 vol. in-8, bas.

976. Essais historiques sur la ville de la Ferté-Milon, en Valois, extraits de diverses chroniques de l'histoire de Valois et des archives de la ville de la Ferté-Milon. Manuscrit de la fin du 18e siècle, 300 p. in-fol. et un plan col. rel. bas.

977. État ecclésiastique et civil du diocèse de Soissons. *Compiègne*, 1783, in-8, br.

978. EWIG (Léon). Compiègne et ses environs, illustrée de 12 vues d'après nature. *Paris*, 1841, gr. in-8, br.

979. GAYA (Louis de), escuyer, sieur de Tréville. Les Huit Barons, ou Fieffez de l'abbaye royalle de Saint-Corneille de Compiègne. *Noyon*, 1686, in-12, vél.

980. LEGRIS (P.). Chronicon canonicæ abbatialis S. Joannis apud vineas Suessionensis ord. S. Augustini. 1617, in-8, vél.

981. LE MOINE. Histoire des antiquités de la ville de Soissons. *Paris*, 1771, in-12, v. fil.

982. LOUVET (P.). Histoire de la ville et cité de Beauvais et des antiquitez du païs de Beauvaisis. *Beauvais*, 1614-1631 et 1635, 3 vol. pet. in-8, vél.

983. MINET (le président). Mémoire historique sur le duché de Valois, et plus particulièrement sur la ville de Crépy. 1743, in-4, mss.

984. MINET (le président). Mémoires, ou Recherches historiques sur le duché de Valois, et plus particulièrement sur la subdélégation de Crépy. 1744, in-4, demi-rel. bas. mss. 330 p.

985. MULDRAC (Ant.). Compendiosum abbatiæ Longipontis Suessionensis ord. Cisterciensis chronicon. *Paris*, 1652, in-8, vél.

986. Précis statistique du département de l'Oise, 1829 à 1852; arrondissement de Beauvais, 8 vol.; arrondissement de Senlis, 7 vol.; arrondissement de Clermont, 8 vol.; arrondissement de Compiègne, 7 vol.; ensemble 30 vol. in-8, br. cartes.

987. SENARMONT (de). Département de Seine-et-Marne, extrait de la carte topographique de la France, avec les divisions géologiques. *Paris*, 1844, 6 feuilles jésus.

988. Soissons. — Elections de Soissons, État des assignations données tant aux véritables gentils hommes qu'aux usurpateurs de la qualité d'écuyer, dans la généralité de Soissons. Mss de 300 p. environ, fin du 18e siècle.

989. Valoys royal (le), extrait des mémoires de M. Nicolas Bergeron, avocat au Parlement. *Paris*, 1583, in-12, v. interfolié de papier blanc.

7. *Histoire d'Italie, de Naples et de Sicile.*

990. BARTHÉLEMY. Voyage en Italie. *Paris*, 1802, in-8, demi-rel.

991. MAGINI (G. Ant.). L'Italia descritta in generale. 1 vol. in-fol. (*sans titre*).

992. SAINT-MARC (de). Abrégé chronolog. de l'histoire générale d'Italie. *Paris*, 1761, 6 vol. pet. in-8, demi-rel.

993. SISMONDI (J.-C.-L.-S.). Histoire des Républiques italiennes du moyen âge. *Paris*, *Furne*, 1840, 10 t. en 5 vol. in-8, demi-rel. v. fig.

994. SISMONDI (Sism. de). Histoire de la renaissance de la liberté en Italie. *Paris*, 1832, 2 vol. in-8, br.

995. SOUFFLOT. Voyage d'Italie, en forme de gazette ou d journal, adressé à Licidas, son ami. 1666, 2 vol. in-4, v. f. Manuscrit.

996. BALTARD. Journal descriptif et croquis de vues pittoresques faits dans un voyage en Savoie, en 1837. *Lyon*, in-4, lithographié, fig. demi-rel.

997. ALBANIS DE BEAUMONT. Description des Alpes grecques et cotiennes, ou Tableau historique et statistique de la Savoie. *Paris*, 1802-1806, 4 t. en 3 vol. in-4, demi-rel. bas. et atlas in-fol.

998. BLOUET. Restauration des Thermes d'Antonin Caracalla, à Rome. *Paris, Didot*, 1828, in-fol. 23 pl. sur pap. vél.

999. CALLET (F.) et J.-B. LESUEUR, architectes. Architecture italienne, ou Palais, maisons et autres édifices de l'Italie moderne. *Paris*, 1827, in-fol. max. liv. 1, 2, 3 et 6.

1000. Carte topographique et militaire des Alpes, en 12 feuilles, gr. in-fol. demi-rel.

1001. CHABROL DE VOLVIC. Statistique des provinces de Savone, d'Oneille, d'Acqui et de la partie du Mondovi, formant l'ancien département de Montenotte. *Paris*, 1824, in-4, 2 vol. cart. fig et cartes.

1002. CLOCHAR (P.). Monuments et tombeaux mesurés en Italie, gravés à l'eau forte et terminés par P. Lacour et E. Thierry. *Paris*, 1815, gr. in-fol.

1003. Chronique de Savoye, extraite pour la pluspart de l'histoire de M. Guillaume Paradin. *Lyon, Jean de Tournes*, 1602, in-fol. rel. fatig.

1004. DUMONT (Gab.-M.). Détails des plus intéressantes parties d'architecture de la basilique de Saint-Pierre de Rome. *Paris*, 1763, in-fol. max. demi-rel.

1005. GARNAUD (A.). Etat actuel des trophées de Marius, à Rome. *Paris*, 1831, gr. in plano, 3 grandes pl.

1006. GAUTHIER (P.), architecte. Les plus beaux édifices de la ville de Gênes et de ses environs. *Paris*, 1820-29, in-fol. max. 29 liv.

1007. ISABELLE (Ed. C.). Parallèle des salles rondes de l'Italie antique et moderne. *Paris*, 1831, in-8, et atlas gr. in-fol.

1008. JACQUEMOUD (Jos.). Description historique de l'abbaye royale d'Hautecombe et des mausolées élevés dans son église aux princes de Savoie. *Chambéry*, 1843, in-8, br. fig.

1009. LETAROUILLY. Edifices de Rome moderne. *Paris*, 1825-26, 60 pl. in-fol. max. en livr.

1010. LUSSON (A.-L.). Monuments antiques et modernes de la Sicile, et choix de palais, maisons et autres édifices de Naples. Environ 5 liv. in-fol. max. Ouvr. incompl.

1011. PIRANESI. Monuments de Rome. Choix de gravures, gr. in-fol. oblong.

1012. PIRANESI. Atlas de Venise et de ses monuments, Recueil de cartes et de gravures, gr. in-fol. oblong.

1013. PRONY (de). Description hydrographique des marais Pontins. *Paris*, 1822, in-4, et atlas gr. in-fol. cart.

1014. RINALDO RASPONI. Ravenna liberata dai Goti, rotonda di Ravenna. *Ravenna*, 1766, in-4, demi-rel. 8 belles pl.

1015. ROSSINI. Grotta di Collepardo pozzo santulla e certosa di trisulti, etc. *Roma*, 1846, 9 feuilles colombier.

1016. SAUSSURE (H.-B. de). Voyages dans les Alpes. *Genève*, 1787, 8 vol. in-8, demi-rel. fig.

1017. HITTORFF et ZANTH, architectes. Architecture moderne de la Sicile, ou Recueil des plus beaux monuments religieux et des édifices publics et particuliers les plus remarquables des principales villes de la Sicile. *Paris*, 1826, in-fol. max. papier de Hollande.

1018. PIRANESI. [illegible]as de Naples et de ses environs. 11 gravures, gr. in-fol. oblong.

1019. VERTOT. Histoire des chevaliers de Malthe. *Paris*, 1778, 7 vol. in-12, demi-rel.

8. *Histoire d'Espagne et de Portugal.*

1020. ASCARGOTTA. Précis de l'histoire d'Espagne. *Paris*, 1823, 2 vol. in-8, bas. cartes.

1021. BOURGOING (J.-F.). Tableau de l'Espagne moderne. *Paris*, 1803, 3 vol. in-8, demi-rel. et atlas in-4.

1022. DEPPING (G.-B.). Histoire générale d'Espagne. *Paris*, 1811, 2 vol. in-8, demi-rel.

1023. DU VERDIER. Abrégé de l'histoire d'Espagne, contenant l'origine des Espagnols, leurs guerres contre les Romains, l'invasion des Maures, etc., etc. *Paris*, 1663, 2 vol. in-12. v.

1024. LABORDE (Alex. de). Itinéraire descriptif de l'Espagne. *Paris*, 1808, 5 vol. in-8, et atlas in-4, demi-rel.

9. *Histoire d'Angleterre.*

1025. BAERT. Tableau de la Grande-Bretagne, de l'Irlande et des possessions anglaises dans les quatre parties du monde. *Paris*, 1800, 4 vol. in-8, bas. cartes.

1026. DUPIN (Ch.). Voyage dans la Grande-Bretagne. 1re partie, force militaire; 2e partie, force navale; 3e partie, force commerciale. 6 t. en 3 vol. in-4, v. et 3 atlas in-fol. demi-rel.

1027. ENGLEFIELD (H.-C.). A description of the principal picturesque beauties, and antiquities of the isle of Wight. In-fol. cart. 50 pl.

1028. MOREAU DE JONNÈS. Statistique de la Grande Bretagne et de l'Irlande. *Paris*, 1837, 2 vol. in-8, br. carte. L. A. S.

1029. SMITH (J.). Memoirs of the marquis of Pombal. *London*, 1843, 2 vol. in-8, rel. cart. tr. d. portr.

1030. STRUTT (J.). Angleterre ancienne, ou Tableau des mœurs, usages, armes, habillements des anciens habitants de l'Angleterre, c'est-à-dire des Bretons, des Saxons, des Danois et des Normands; trad. de l'anglais, par Boulard. *Paris*, 1789, 2 t. en 1 vol. in-4, v. 67 pl.

1031. THIERRY (A.). Histoire de la conquête d'Angleterre par les Normands. *Paris*, 1825, 3 vol. in-8, bas. fil.

1032. THIERRY (Augustin). Histoire de la conquête d'Angleterre par les Normands. — Dix ans d'études historiques. — Lettres sur l'histoire de France. *Brux.*, 1839, gr. in-8, br.

1033. WALPOLE (H.). Règne de Richard III, ou Doutes historiques sur les crimes qui lui sont imputés; trad. de l'anglais, par Louis XVI. *Paris*, 1800, in-8, v.—REY (J.) Essais historiques et critiques sur Richard III. *Paris*, 1818, in-8, v.

10. *Histoire de Danemarck, de Russie, etc.*

1034. MALLET (P.-H.). Histoire de Dannemarc. *Genève*, 1787, 9 vol. in-12, demi-rel.

1035. TOWNSON (R.). Voyage en Hongrie, précédé d'une description de Vienne et des jardins de Schœnbrunn. *Paris*, 1799, 3 vol. in-8, demi-rel. carte.

1036. SOLIGNAC (de). Histoire générale de Pologne. *Amst.*, 1751, 6 vol. in-12, demi-rel.

—

1037. CARBURI (M.). Monument élevé à la gloire de Pierre-le-Grand, ou Relation des travaux et des moyens mécaniques employés pour transporter à Pétersbourg un rocher de trois millions pesant, destiné à servir de base à la statue équestre de cet empereur. *Paris*, 1777, in-fol. cart. 12 pl.

1038. Cosaques (des) ou Détails historiques sur leurs mœurs, coutumes, vêtements, armes, etc. *Paris*, 1814, in-8, br.

1039. KARAMSIN. Histoire de l'empire de Russie, trad. par Saint-Thomas et Jauffret. *Paris*, 1819, 9 vol. in-8, v.

1040. MONTFERRAND. Notice sur l'exploitation des 36 colonnes en granite destinées à la construction des portiques de l'église de Saint-Isaac. *Saint-Pétersbourg*, 1820, 20 pag. in-fol. cart. 3 pl.

1041. PALLAS (P.-S.). Voyages en différentes provinces de l'empire de Russie et dans la Russie septentrionale; trad. de l'allemand, par Gauthier de la Peyronie. *Paris*, 1788-93, 5 vol. in-4 et atlas in-fol. demi-rel. bas.

1042. PALLAS. Voyages entrepris dans les gouvernements méridionaux de l'empire de Russie, en 1793 et 1794, trad. par Delaboulaye. *Paris*, 1805, 3 vol. in-4, demi-rel. dont 1 de pl.

1043. QUARENGHI. Édifices construits à Saint-Pétersbourg. *Saint-Pétersbourg*, 1800, grand in-fol. demi-rel. pl. t. 1er.

1044. TOOKE. Histoire de l'empire de Russie sous le règne de Catherine II et à la fin du 18e siècle. *Paris*, 1801, 6 vol. in-8, demi-rel.

1045. Voyages historiques et géographiques dans les pays situés entre la mer Noire et la mer Caspienne, contenant des détails nouveaux sur les peuples qui les habitent, etc., etc.: suivi d'un voyage en Crimée et dans les parties méridionales de l'empire russe. *Paris*, 1798, in-4, demi-rel. cartes.

1046. Voyage en Moscovie d'un ambassadeur allemand près le czar Alexis Michailowics. *Leide*, 1688, in-12, v.

1047. WILSON (Rob.). Tableau de la puissance militaire et politique de la Russie en 1817. *Paris*, 1817, in-8, v.

1048. KRAFFT (Wolff). Description et représentation exacte de la maison de glace construite à Saint-Pétersbourg en 1740, et de tous les meubles qui s'y trouvent; trad. de l'allemand, par Leroy. *Saint-Pétersbourg*, 1741, in-4 mince, demi-rel. bas. 4 pl.

11. *Histoire de l'Empire Ottoman et de la Grèce.*

1049. ABESCI (Elias). État actuel de l'empire ottoman: trad. de l'anglais. *Paris*, 1792, 3 vol. in-8, demi-rel.

1050. ANDREOSSY. Voyage à l'embouchure de la mer Noire, ou Essai sur le Bosphore. *Paris*, 1818, in-8, demi-rel.

1051. LAPIE. Carte générale de la Turquie d'Europe, en 15 feuilles, dressée sur les matériaux de M. Guilleminot. *Paris*, 1822.

1052. LE CHEVALIER. Voyage de la Propontide et du Pont-Euxin. *Paris*, 1802, 2 vol. in-8, v. fil. cartes.

1053. LECHEVALIER (J.-B.). Voyage de la Troade, en 1785 et 1786. *Paris*, 1802, 3 vol. in-8, v. fil. atlas in-fol.

1054. MIGNOT. Histoire de l'empire ottoman. *Paris*, 1771, 4 vol. in-12, demi-rel.

1055. PALAIOLOGUE (Grégoire). Esquisses des mœurs turques au 19e siècle. *Paris*, 1827, in-8, br.

1056. POUQUEVILLE (F.-C.-H.-L.). Voyage dans la Grèce, en 1805. *Paris*, 1820, 5 vol. in-8, v. fig. et cartes.—Histoire de la régénération de la Grèce, comprenant les précis des événements, depuis 1740 jusqu'en 1824. *Paris*, 1824, 4 vol. in-8, fig.

C. ASIE.

1057. CHARDIN (le chevalier). Voyages en Perse et autres lieux de l'Orient, édition revue par Langlès. *Paris*, 1811, 10 vol. in-8 et atlas in-fol.

1058. ELLIS (H.). Journal of the proceedings of the late embassy to China. 1817, in-4, fig. col.

1059. Journal asiatique, ou Recueil de mémoires, d'extraits et de notices relatifs à l'histoire, à la philosophie, à la littérature des peuples orientaux. *Paris*, 1824-1827 inclus. t. 4 à t. 11 inclus. — Nouveau journal asiatique. Janvier à novembre 1828, en livr. — Comptes-Rendus des séances, de 1824 à 1827 inclus, 4 broch. in-8.

1060. LECOMTE (Louis), jés. Nouveaux mémoires sur l'état présent de la Chine. *Paris*, 1701, 3 vol. in-12, v. fig.

1061. MAILLAC (J.-A.-M. de Moyria de), jés. Histoire de la Chine; trad. du tong-kien-tangmou, publiée par l'abbé Grosier. *Paris*, 1777-85, 12 vol. in-4. — GROSIER. Description générale de la Chine. *Paris*, 1787, 2 vol. in-8, demi-rel. fig. et cartes.

1062. NIEBUHR. Description de l'Arabie. *Paris*, 1779, 2 tom. en 1 vol in-4, demi-rel. fig. et cartes.

1063. Société asiatique. Mémoires, discours et rapports. *Paris*, 1823, 3 tom. en 2 vol. in-8, demi-rel. bas.

1064. WALCKENAER. Le Monde maritime, ou Tableau géographique et historique de l'archipel d'Orient, de la Polynésie et de l'Australie. *Paris*, 1819, 2 t. en 1 vol. in-8, bas. fig. col.

D. AFRIQUE.

1065. BORY DE SAINT-VINCENT. Voyages dans les quatre principales îles des mers d'Afrique. *Paris*, 1804. 3 vol. in-4, bas fil. et atlas.

1066. BORY-DE-SAINT-VINCENT. Essais sur les îles Fortunées et l'antique Atlantide, ou Histoire générale des Canaries. *Paris*, 1803, in-4, cartes.

1067. CAILLIAUD (Fr.), de Nantes. Voyage à l'oasis de Thèbes et dans les déserts situés à l'orient et à l'occident de la Thébaïde, de 1815 à 1818. *Impr. roy.*, 1821, in-fol. max. pap. vél.

1068. CAILLIAUD (Fr.), de Nantes. Voyage à Méroé, au fleuve Blanc, au delà de Fazogl, dans le midi du royaume de Sennar, à Syouach et dans cinq autres oasis, de 1819 à 1822. *Impr. roy.*, 1826, 4 vol. in-8, br., et atlas de 150 pl. in-fol. max.

1069. CHÉNIER (de). Recherches historiques sur les Maures et histoire de l'empire de Maroc. *Paris*, 1787, 3 vol. in-8, bas. cartes.

1070. Description de l'Égypte, ou Recueil des observations et des recherches qui ont été faites en Égypte pendant l'expédition de l'armée française; publiée sous la direction de M. Jomard. *Paris, Impr. roy.*, 1809-1828, 10 vol. in-fol. de texte et 12 vol. gr. in-fol. atlas de pl. en livr. cart.

1071. GENTY DE BUSSY. De l'Établissement des Français dans la régence d'Alger. *Paris*, 1839, 2 vol. in-8, br. 2 lettres aut.

1072. JOMARD. Description de la ville et des environs du Kaire. *Impr. roy.*, 1829, in-fol. cart. 4 gr. pl.

1073. KOLBE (P). Description du cap de Bonne-Espérance, où l'on trouve tout ce qui concerne l'histoire naturelle du pays; la religion, les mœurs et les usages des Hottentots. *Amst.*, 1747, 3 vol. in-12, v. fig.

1074. QUATREMÈRE (Et.). Mémoires géographiques et historiques sur l'Égypte, etc. *Paris*, 1811, 2 vol. in-8, demi-rel.

1075. Recueil de cartes sur l'Algérie. 1 vol. gr. in-fol. demi-rel. 30 cartes environ.

1076. SAVARY. Lettres sur l'Égypte. *Paris*, 1785, 3 vol. in-8, v. fil. fig.

1077. SONNERAT. Voyage à la Nouvelle-Guinée. *Paris*, 1776, in-4, v. 120 fig.

1078. Tableau de la situation des établissements français en Algérie. *Paris*, 1838-1840, 2 vol. pet. in-fol.

E. AMÉRIQUE.

1079. Album de M. Milbert. Amérique septentrionale. (5 vues) grand in-fol. en feuilles.

1080. BARBÉ-MARBOIS. Histoire de la Louisiane et de la cession de cette colonie par la France aux États-Unis d'Amérique. *Paris*, 1829, in-8, br. cart.

1081. BARBÉ DE MARBOIS. Journal d'un déporté non jugé, ou Déportation en violation des lois décrétée le 18 fructidor an V. *Paris*, 1835, 2 vol. in-8, br.

1082. BEAUCHAMP (A. de). Histoire du Brésil, depuis sa découverte en 1500, jusqu'en 1810. *Paris*, 1815, 3 vol. in-8, demi-rel.

1083. BOSSU. Nouveaux voyages dans l'Amérique septentrionale. *Amst.*, 1777. in-8, bas. fig.

1084. DULAC (Perrin). Voyage dans les deux Louisiannes et chez les nations sauvages du Missouri. *Lyon*, 1805, in-8, bas. fil. 2 cartes.

1085. DU TERTRE (J.-B.), dominicain. Histoire générale des Isles de Saint-Christophe, de la Guadeloupe, de la Martinique et autres, dans l'Amérique. *Paris*, 1654, in-4, v. 2 cartes.

1086. FERRY (Hyp.). Description de la nouvelle Californie. *Paris*, 1850, in-12, fig. br.

1087. GENTY (l'abbé). L'Influence de la découverte de l'Amérique sur le bonheur du genre humain. *Paris*, 1788, in-8, demi-rel.

1088. HALES. Histoire des tremblements de terre arrivés à Lima, capitale du Pérou, avec la description du Pérou. *La Haye*, 1752, in-12, bas. fig.

1089. HILLIARD d'AUBERTEUIL. Essais historiques et politiques sur les Anglo-Américains. *Brux.*, 1781, in-8, demi-rel.

1090. Histoire de la conqueste de la Floride par les Espagnols, sous Ferdinand de Soto. *Paris*, 1685, 1 vol. pet. in-12, v.

1091. MICHAUX (F.-A.). Voyage à l'ouest des monts Alléghanys, dans les États de l'Ohio, du Kentucky, et retour par les hautes Carolines. *Paris*, 1804, in-8, cart.

1092. SMITH. Voyage dans les États-Unis de l'Amérique. *Paris*, 1791, 2 vol. in-8, bas. fil.

1093. SOLIS (Ant.). Histoire dela conquête du Mexique, ou de la nouvelle Espagne, par Ferdinand Cortez. *Paris*, 1774, 2 vol. in-12, v. fig.

1094. SPARKS. Mémorial du gouverneur Morris, ministre plénipotentiaire des Etats-Unis en France, 1792 à 1794; trad. de l'anglais par Aug. Gandois. *Paris*, 1842, 2 vol. in-8, br. L. A. S.

1095. WARDEN (D.-B.). Recherches sur les antiquités de l'Amérique septentrionale. *Paris*, 1827, in-4, pl.

1096. WIMPFFEN (de). Voyage à Saint-Domingue, en 1788, 89 et 90. *Paris*, 1797, 2 vol. in-8, bas.

1097. ZARATE (Aug. de). Histoire de la découverte et de la conquête du Pérou ; trad. de l'Espagnol. *Paris*, 1774, 2 vol. in-12, bas. cartes et fig.

1098. PÉRON et FREYCINET. Voyages de découvertes aux terres australes, pendant les années 1800 à 1804. *Impr. impér.*, 1807-1816, 2 vol. gr. in-4, br. et 2 atlas cart. fig. col.

V. Archéologie.

A. INTRODUCTION. — MÉLANGES. — MOEURS ET USAGES DES PEUPLES ANCIENS.

1099. BERGIER (N.). Histoire des grands chemins de l'empire romain. *Brux.*, 1728, 2 vol. in-4, v. fig.

1100. BOETTIGER. Sabine, ou Matinée d'une dame romaine à sa toilette. *Paris*, 1813, in-8, v. fig.

1101. CAPMARTIN DE CHAUPY (l'abbé). Découverte de la maison de campagne d'Horace, ouvrage utile pour l'intelligence de cet auteur et qui donne occasion de traiter d'une suite considérable de lieux antiques. *Rome*, 1707, 3 vol. in-8, v. 1 plan.

1102. CHAMPOLLION le jeune. 18 pièces in-8, sur les antiquités égyptiennes.

1103. Dictionnaire des antiquités grecques et romaines. *Paris*, 1797, 2 vol. in-8, demi-rel.

1104. GIROD (J.). Dictionnaire spécial et classique des monnaies, poids, mesures et divisions du temps, chez les Grecs, les Romains, les Juifs et les Égyptiens. *Paris*, 1827, in-8, br.

1105. GOGUET. Origine des lois, des arts et des sciences, et de leurs progrès chez les anciens peuples. *Paris*. 1759, 6 vol. in-12, v.

1106. JAMIESON. Origine de la crémation, ou de l'Usage de brûler les corps. *Paris*, 1821, in-8, demi-rel. 70 pag.

1107. MONTFAUCON (Bernard de). L'Antiquité expliquée et représentée en figures, avec le supplément. *Paris*, 1719 15 vol. in-fol. v.

1108. PAUCTON. Métrologie, ou Traité des mesures, poids et monnoies des peuples anciens et modernes. *Paris*, 1780, in-4, v. éc. fil.

1109. Traité des finances et de la fausse monnaie des Romains. *Paris*, 1740 in-12, demi-rel.

1110. VAUDREUIL. Considérations sur les sciences, les arts et les mœurs des anciens. *Paris*, 1840, in-8, br.

1111. 50 brochures in-8, dont plusieurs avec fig. sur l'Archéologie.

B. MONUMENTS DIVERS. — RECUEILS.

1112. ALAUX (J.-B.) et LE SUEUR. Vues choisies des monuments antiques de Rome. 4 livr. gr. in-fol.

1113 ARINGHI (P.). Roma subterranea. *Paris.*, 1659, 2 t. en 1 vol. in-fol. vél. cordé, fig.

1114. ARTAUD. Voyages dans les catacombes de Rome. *Paris*, 1810, in-8, demi-rel.

1115. BARBERI (M.-Angelo). Description d'une table mosaïque exposée à Rome en 1823. *Paris*, 1824, pet. in-fol. fig. 24 pag.

1116. BOURASSÉ (J.-J.). Archéologie chrétienne. *Tours*, 1842, in-8, bas.

1117. Catalogue d'antiquités égyptiennes, grecques, romaines et celtiques, composant la collection de M. de Choiseul-Gouffier. 1818, in-8, br.—De M. Léon Dufourny. 1819, in-8, br. portr.—De M. Grivaud de La Vincelle. 1820, in-8, br.

1118. CARISTIE, architecte. Plan et coupe d'une partie du Forum romain et des monuments sur la Voie sacrée, indiquant les fouilles qui se sont faites dans cette partie de Rome, de 1809 à 1819. *Paris*, *Didot*, 1821, gr. in-fol. cart.

1119. CAVAL (J.-B. de). Antiquarum statuarum urbis Romæ primus et secundus liber. 1585, pet. in-fol. 100 fig.

1120. CAYLUS. Recueil d'antiquités égyptiennes, étrusques, grecques et romaines. *Paris*, 1752-57, 7 vol. in-4, v. fig.

1121. CLARAC (de). Sur la statue antique de Vénus Victrix, découverte à Milo en 1820, et sur la statue antique de l'Orateur, du Germanicus et d'un personnage romain en Mercure. *Paris*, 1821, in-4, br. 1 fig. 67 p.

1122. CORSI (F.). Delle pietre antiche trattato. *Roma*, 1833, gr. in-8, demi-rel. v.

1123. DESGODETZ (Ant.). Les édifices antiques de Rome, dessinés et mesurés très-exactement. *Paris*, 1682, in-fol. v. fig.

1124. DUBOIS-MAISONNEUVE. Introduction à l'étude des vases antiques d'argile peints, vulgairement appelés *étrusques*. *Paris*, 1817-1833, gr. in-fol. en feuilles, nombr. pl.

1125. DUBOIS-MAISONNEUVE. Introduction à l'étude des vases antiques peints, vulgairement appelés *étrusques*, accompagnée d'une collection des plus belles formes ornées de peintures, suivies de planches, la plupart inédites. *Paris*, 1816-1834, in-fol. max.

1126. FABRETTI (Raph.). Inscriptionum antiquarum quæ in ædibus paternis asservantur explicatio. *Romæ*, 1702, in-fol. fig.

Plusieurs feuillets sont manuscrit.

1127. GAU DE COLOGNE. Antiquités de Nubie, ou Monuments inédits des bords du Nil, situés entre la 1re et la 2e cataracte. *Paris*, 1821-27, 60 pl. en 13 livr. gr. in-fol.

1128. LA GARDETTE (de), architecte. Les ruines de Pœstum, ou Posidonia, ancienne ville de la Grande Grèce, à 22 lieues de Naples. 14 pl. avec texte explicatif. *Paris, Barbou*, 1799, in-fol. demi-rel.

1129. LE ROY. Les ruines des plus beaux monuments de la Grèce, considérées du côté de l'histoire et du côté de l'architecture. *Paris*, 1770, 2 t. en 1 vol. gr. in-fol. 61 fig.

1130. MAYOR. Les ruines de Pœstum, ou de Posidonie, dans la Grande Grèce. 24 dessins gravés avec texte explicatif. *Londres*, 1768, in-fol. max. demi-rel.

1131. MAZOIS (Fr.). Les ruines de Pompéi, dessinées et mesurées en 1809, 1810 et 1811; continué par Gau, arch. *Paris, Didot*, 1812-37, 3 vol. en feuilles, in-fol. pl. col.

1132. MAZOIS. Le palais de Scaurus, ou Description d'une maison romaine. *Paris*, 1822, in-8, tiré sur in-4. pap. vél. 12 pl.

1133. MILLIN (A.-L.). Monuments antiques inédits ou nouvellement expliqués. *Paris*, 1802, 2 vol. in-4, bas. fig.

1134. De palæstra neapolitana commentarius, in inscriptionem athleticam Neapoli an. 1764 detectam. *Neapoli*, 1770, in-4, demi-rel.

1135. PALLADIO. Il templo di Minerva in assisi confrontato colle tavole. *Milano*, 1803, in-fol. bas. fil. 10 pl.

1136. QUATREMÈRE DE QUINCY. De l'architecture égyptienne considérée dans son origine, ses principes et son goût, et comparée sous ces mêmes rapports à l'architecture grecque. *Paris*, 1803, in-4, br. 18 pl.

1137. QUATREMÈRE DE QUINCY. Sur la statue antique de Vénus, découverte à Milo en 1820. *Paris*, 1821, in 4, fig.

1138. RAOUL-ROCHETTE. Antiquités grecques du Bosphore-Cimmérien. *Paris*, 1822, in-8, demi-rel. 15 pl.

1139. RAOUL-ROCHETTE (D.). Monuments inédits d'antiquité figurée, grecque, étrusque, romaine, recueillis pendant un voyage en Italie et en Sicile, en 1826 et 1827. *Paris*, 1833 et ann. suiv., in-fol. max.

1140. Recueil de pièces sur les catacombes de Rome. Gr. in-fol.

1141. ROSINUS (J.). Antiquitatum romanarum corpus absolutissimum, accurante Schrevelio. *Lugd. Bat.*, 1663, in-4, vél. fig.

1142. Temples anciens et modernes, ou Observations historiques et critiques sur les plus célèbres monuments d'architecture grecque et gothique. *Londres*, 1774, in-8, demi-rel. 7 fig.

1143. VAUDOYER (A.). Description du théâtre de Marcellus, à Rome. *Paris*, 1812, in-4, cart. 28 pl. L. A. S.

1144. Ville de Pompeïa. Plan général de ses fouilles, levées et dessinées par Ant. Bibent, architecte. *Paris*, *Didot*, 1827, gr. aigle, cart. 6 pl.

1145. WOOD, BORA et DAWKINS. Les ruines de Palmyre, autrement dite *Tedmor* au désert. 57 pl. avec texte explicatif. *Londres*, 1753, in-fol. max. v.

1146. 20 brochures in-8 et in-4, sur l'archéologie.

C. NUMISMATIQUE. — PIERRES GRAVÉES.

1147. ARTAUD (F.). Discours sur les médailles d'Auguste et de Tibère, au revers de l'autel de Lyon. *Lyon*, 1818, in-4, fig. — 3 autres mémoires in-4, avec fig., sur les médailles antiques.

1148. Catalogue des pierres gravées, antiques et modernes, du cabinet de M. H. Tersmitten. *Paris*, 1789, in-8, demi-rel.

1149. Catalogue d'une Collection d'empreintes en soufre de médailles grecques et romaines. *Paris*, 1800, in-8, demi-rel. 79 p.

1150. GARNIER. Histoire de la monnaie, depuis la plus haute antiquité jusqu'à Charlemagne. *Paris*, 1819, 2 vol. in-8, v.

1151. GARNIER (G.). Mémoire sur la valeur des monnaies de compte chez les peuples de l'antiquité. *Paris*, 1817, in-4, demi-rel.

1152. MIONNET (T.-E.). Description des médailles antiques, grecques et romaines, avec leur degré de rareté et leur estimation. *Paris*, 1825-1832, 12 vol. in-8, fig. et atlas gr. in-8, v. rac., les 3 derniers vol. br.

1153. MIONNET (T.-E.). De la rareté et du prix des médailles romaines. *Paris*, 1827, 2 vol. in-8, br.

1154. Le même ouvrage. *Paris*, 1815, in-8, fig.

VI. Mémoires des Académies et Sociétés savantes.

1155. Annales de la Société royale d'Orléans. 1818-1823, 6 tom. en 3 vol. in-8, demi-rel.

1156. Archives des missions scientifiques et littéraires, choix de rapports et instructions. *Impr. nat.*, 1851 et 1852, in-8, en livr. fig.

1157. Bulletin du Comité historique des arts et monuments. *Paris*, 1842 à 1848, 5 vol. en livr. fig.

1158. Bulletin du Comité historique : histoire, sciences, lettres, archéologie, beaux-arts. *Impr. nat.*, 1851-1853, 6 vol. in-8, en livr. fig.

1159. Bulletin de la Société de statistique des sciences naturelles et des arts industriels de l'Isère. *Grenoble*, 1840-1843, 1 vol. in-8, br. cartes.

1160. Bulletin des sciences, par la Société philomatique de Paris, de 1791 à 1823. 10 vol., in-4, demi-rel. fig.

1161. Bulletin de la Société philomatique de Perpignan. *Perpignan*, 1836, 1839 et 1841, 3 vol. in-8, br. fig.

1162. Comptes-Rendus des séances de l'Académie des sciences, de 1835 à 1854, 37 vol. in-4, cart.

1163. CUVIER, DACIER et DELAMBRE. Rapport historique sur les progrès des sciences naturelles, mathématiques et de la littérature ancienne, depuis 1789. *Paris*, 1810, 3 vol. in-4, v. fil. — LEBRETON. Rapport sur le progrès des beaux-arts, de 1789 à 1808. *Paris*, 1810, in-4, br.

1164. Mémoires de l'Institut :

1° Sciences physiques et mathématiques, 1798 à 1815. 14 vol. — Savants étrangers, 1805-1811, 2 vol.

2° Base du système métrique. 1810, 3 vol.

3° Prix décennaux. 1810, 1 vol. br.

4° Académie des sciences, 2e série. 1816 à 1850, 22 vol. — Mémoires présentés par divers savants. 13 vol. cart. Le tom. 12 manque. Ensemble 54 vol. in-4, demi-rel. et cart.

1165. Académie des sciences morales et politiques. 1837-1850, 7 vol. in-4, br. — Mémoires présentés par divers savants à l'Académie des sciences morales et politiques. 1841-1847, 2 vol. in-4, br.

1166. Mémoires de l'Académie des inscriptions et belles-lettres. 1815-1851, 19 vol. in-4, br. et cart. — Mémoires présentés par divers savants à l'Académie des inscriptions et belles-lettres. 1844-1849, 3 part. in-4, br.

1167. Académie française. Recueil de discours, rapports et pièces diverses. 1803 à 1850. 5 vol. in-4, br.

1168. Biographies et notices historiques sur les membres de diverses Académies. 30 brochures in-4.

1169. Recueil de poésies, discours de réception, ordres des lectures et séances des quatre Académies. 30 br. in-4.

1170. Notices et extraits des manuscrits de la Bibliothèque nationale. *Paris*, 1787-1841, in-4, tom. 1 à 14, t. 16, 2e part., t. 17, 2e part. br. et cart.

1171. Mémoires de la Société académique d'archéologie, sciences et arts, du département de l'Oise. *Beauvais*, 1852, in-8, 1 fig. t. 2.

1172. Mémoires de la Société d'émulation d'Abbeville. 1835, 1836 et 1837, 1838 à 1840, 1841 à 1843, 4 vol. in-8, br.

1173. Mémoires divers de la Société d'agriculture, sciences et arts d'Angers. 15 pièces in-8, br.

1174. Mémoires de l'Académie royale de Metz. *Metz*, 1830 à 1833, 4 vol. in-8, br.

1175. Procès-Verbaux et mémoires de la Société d'agriculture, sciences et arts, de Boulogne-sur-Mer. 1826, 1827, 1832, 1834, 1836 et 1839, 6 vol. in-8, br.

1176. Memorie per servire alla storia letteraria di Sicilia. *Palermo*, 1756, pet. in-8, 2 vol. parch. fig.

VII. Biographie.

1177. Biographie nouvelle des contemporains, ou Dictionnaire historique et raisonné de tous les hommes qui, depuis la révolution ont acquis de la célébrité, par A.-V. Arnault, Jay, Jouy, etc. *Paris*, 1820, 20 vol. in-8, v. 240 portr.

1178. BRANTOME (Pierre de Bourdeille, seigneur de). Mémoires contenant les vies des hommes illustres et des grands capitaines françois et estrangers de son temps, 6 vol. — Anecdotes de la cour de France sous les rois Henry II, François II, Henri III et Henri IV, touchant les duels. 1 vol. — Vies des dames illustres. 1 vol. *Leyde*, 1722. Ensemble 8 vol. pet. in-12, v.

1179. BRANTOME. Œuvres complètes. *Paris*, 1822, 8 vol. in-8, v. fil.

1180. AUVIGNY (d'), PÉRAU, TURPIN. Vies des hommes illustres de la France, depuis le commencement de la monarchie jusqu'à présent. *Paris*, 1769-1775, 25 vol. in-12, demi-rel.

1181. Dictionnaire universel, historique, critique et bibliographique, par une Société de savants français et étrangers. *Paris*, 1810, 20 vol. in-8, v. 1200 portr. en médaillons.

1182. Essai sur la vie et les tableaux du Poussin, par Cambry. 1799. — Éloge de La Fontaine, par Chamfort ; de Cadet-Gassicourt ; de Lavoisier ; de E.-A. Dupuget. In-8, demi-rel.

1183. FROMONT. Barreau français, ou Portraits des jurisconsultes les plus célèbres du 19e siècle. *Paris*, 1822, pet. in-fol. 21 portr. lith.

1184. HEINCE et BIGNON. Portraits des hommes illustres français, avec leurs principales actions, armes, etc., et un Abrégé de leurs vies, par de Vulson. *Paris*, 1655, gr. in-fol. demi-rel. v. 25 portr.

1185. Histoire des plus illustres favoris, anciens et modernes, avec un Journal de ce qui s'est passé à la mort du maréchal d'Ancre. *Leide*, 1659, in-4, vél.

1186. LE MOYNE, jés. Galerie des femmes fortes. *Paris*, 1663, pet. in-12, v. fig.

1187. MARTIN (J.-C.). Histoire militaire et politique de François de Beaumont, baron des Adrets. — Histoire abrégée de la vie de Lesdiguières, et notices sur Bayard, Vaucanson, Mably, etc. *Grenoble*, 1802, 2 t. en 1 vol. in-8, demi-rel.

1188. Notices biographiques sur le baron Desgenettes, Florian, Hurtault, de Lezay-Marnesia, A. Thouin, P.-F. Percy, Jeanne d'Arc, Denon, Lacépède, Spenser, Fresnel, Deyeux, Talleyrand, A.-L. de Jussieu, d'Éligny, Renault, Furtado. In-8.

*1189. Notices biographiques sur A.-N. Duchesne, Juge de Saint-Martin, A.-B.-J. André, M. de Montmorency, F. F. Lemot, N.-Fr. de Neufchâteau, H. Acerbi, Le Tasse, L.-A.-G. Bosc, Jacquart, Beaunier, Dambray, Sully, Mat. Dombasle, de Morogues, Grégoire XVI, etc., etc. In-8.

1190. Notices biographiques sur Villars, Foussat, Lesurque, Et. Pacot, Desplas, de Jusvilhac, Perthuis de Laillevaut, Ripault, Bérard-Trousset, Huzard, Le Camus, de Sémonville, Coste, V. Dandolo, etc., etc. In-8 et in-4.

1191. Oraisons funèbres de l'évêque de Bazas, par Godeau.— De Marie-Thérèse d'Autriche, par de Lestoile. — De Charles de Bourbon, évêque de Soissons, par Ratouyn.—De M. de Noailles, maréchal de France, par le P. Delarue.—De Marie-Adélaïde de Savoie, par Delarue.—De Louis-le-Grand, par Gosset.—Discours de Fénelon à sa réception à l'Académie française. 1693, in-4, demi-rel.

1192. PARISET (E.). Histoire des membres de l'Académie royale de médecine. *Paris*, 1845, 2 vol. in-12, br.

1193. PLUTARQUE. Vie des hommes illustres grecs et romains: trad. par Amyot. *Lausanne*, 1574, in-fol. v. fil.

1194. PLUTARQUE. Vie des hommes illustres, traduites en

françois, avec des remarques historiques et critiques, par M. Dacier. *Paris*, 1728, 12 vol. in-4, fig.

1195. QUATREMÈRE DE QUINCY. Histoire de la vie et des ouvrages des plus célèbres architectes du 11e au 19e siècle. *Paris*, 1830, 2 vol. grand in-8, fig. cart. n. rog.

1196. SOPRANI (Raffaello). Vite de' pittori, scultori et architetti genovesi. *Genova*, 1768, 2 vol. in-4, vélin, portr.

1197. VISCONTI (E.-Q.) et A. MONGEZ. Iconographie grecque et romaine, ou Recueil des portraits authentiques des empereurs, rois, et hommes illustres de l'antiquité. *Paris*, 1811-1829, 8 vol. in-4, cart. non rog. et atlas gr. in-fol.

1198. Vite de' piu celebri architetti d'ogni nazione e d'ogni tempo precedute da un saggio sopra l'architettura. *Roma*, 1768, in-4, demi-rel. 6 pl.

1199. Recueil de 100 portraits divers gravés et lithographiés.

1200. 30 portraits gravés et lithographiés sur in-8, in-4 et in-fol.

1201. ADRY (J.-F.). Notice sur J.-G. Soufflot, architecte de la nouvelle église Sainte-Geneviève, avec des détails sur ce monument, 2e édit. *Paris*, 1817, in-fol. mss.

1202. BAUSSET. Histoire de Bossuet. *Versailles*, 1819, 4 vol. in-8, bas.

1203. BAUSSET. Histoire de Fénelon. *Paris*, 1808, 3 vol. in-8, bas.

1204. DUPIN (Ch.) Essai historique sur les services et les travaux historiques de G. Monge. *Paris*, 1819, in-8, demi-rel.

1205. LAURENT (C.). Histoire de la vie et des ouvrages de P.-F. Percy. *Versailles*, 1827, in-8, br. portr.

1206. WALCKENAER (C.-D.). Histoire de la vie et des ouvrages de J. de La Fontaine. *Paris*, 1821, 2 vol. in-18. v. tr. d. fil. portr. fig. Envoi d'auteur signé.

1207. De vita et rebus gestis Guilielmi II, Siciliarum regis monregalensis ecclesiæ fundatoris. 1769, fol. ital. lat.

1208. Notices, éloges historiques, oraisons funèbres, etc., 20 br. in-8.

1209. 20 brochures in-4. —Notices biographiques, par Cuvier, Laplace, Arago, Flourens, Dupin, etc., etc.

VIII. Noblesse. — Blason.

1210. Armorial universel, contenant les armes des principales maisons, états et dignitez, corrigé et mis en ordre, par Ségoing. *Paris*, 1654, 1 vol. in-4, v. rose, fil. tr. d. orn. Notes mss.

1211. ALLEMAND (le comte). Précis historique de l'ordre royal hospitalier-militaire du Saint-Sépulcre. *Paris*, 1815, in-12, demi-rel.

1212. BIGOT DE MOROGUES (le baron). La noblesse constitutionnelle, ou Essais sur l'importance politique des hommes héréditaires. *Paris*, 1825, 1 vol. in-8, demi-rel. bas. L. A. S.

1213. Blason (le) de France, étably sur les principes de l'édit concernant la police des armoiries. *Paris*, 1697, in-8, br. fig. s. titre.

1214. Généalogie de la maison de Montesquiou-Fezensac. *Paris*, 1784, in-4, demi-rel.

1215. MÉNESTRIER (C.-F.), jés. Nouvelle méthode raisonnée du blason. *Lyon*, 1734, in-12, fig. bas.

1216. SEGOING (C.). Mercure armorial, enseignant les principes et les éléments du blazon des armoiries. *Paris*, 1752, in-4, vél. fig. col.

IX. Bibliographie.

1217. AIMÉ-MARTIN. Plan d'une bibliothèque universelle. *Paris*, 1837, in-8, br. L. A. S.

1218. BAILLY (A.). Notices historiques sur les bibliothèques anciennes et modernes. *Paris*, 1840, in-8, br.

1219. BARBIER. Dictionnaire des ouvrages anonymes et pseudonimes. *Paris*, 1822, 4 vol. in-8, v. (Le t. 4 manque.)

1220. Bibliographie catholique, revue critique des ouvrages de religion, de philosophie, de science, d'éducation, etc. *Paris*, 1841-49, 8 vol. in-8, en livr. Manque 6 num. dans les 3 premiers volumes.—Juillet, août, septembre et octobre 1849 en livraisons.

1221. BRUNET (J.-Ch.). Manuel du libraire et de l'amateur de livres. *Paris*, 1814, 4 vol. in-8, bas.

1222. Catalogue général des manuscrits des bibliothèques publiques des départements. *Impr. nat.*, 1849, in-4, br. t. 1er.

1223. Catalogues des bibliothèques de MM. Aimé-Martin, Huzard, Germain Garnier, Fourcroy, Langlès. 7 vol. in-8, br.—Catalogue de la riche bibliothèque de Rosny. 1837, in-8, br. gr. pap. de Hollande.

1224. DUPONT (P.). Notice historique sur l'imprimerie. *Paris*, 1849, gr. in-8, br.

1225. HÉRISSANT (L.-A.-P.). Bibliothèque physique de la France. *Paris*, 1771, in-8, demi-rel.

1226. JOUBERT (F.-E.). Manuel de l'amateur d'estampes faisant suite au Manuel du libraire. *Paris*, 1821, 3 vol. in-8, veau.

1227. Nécessité de créer des bibliothèques scientifiques industrielles. *Paris*, *Mathias*, 1848, in-8, br. — Observations sur les bibliothèques scientifiques professionnelles. *Paris*, *Mathias*, 1850, in-8, br. — CURMER de l'établissement des bibliothèques communales. *Paris*, 1846, in-8, br.

1228. TERNAUX-COMPANS (H.). Lettre à M. le ministre de l'Instruction publique sur l'état actuel des bibliothèques. *Paris*, 1837, in-8, br. 32 p.

TABLE

DES DIVISIONS.

Imprimerie Bailly, Divry et Cᵉ, place Sorbonne, 2.

www.ingramcontent.com/pod-product-compliance
Ingram Content Group UK Ltd.
Pitfield, Milton Keynes, MK11 3LW, UK
UKHW012046240726
13965UKWH00003B/1087

9 782013 070102